A MONSIEUR

MONSIEUR RAMSAY.

TRouvez bon, MONSIEUR, que j'aye l'honneur de vous preſenter les premiers eſſays d'une plume encore un peu novice. En agréant l'hommage que je vous en fais; c'eſt moins une grace que vous m'accorderez, qu'une juſtice que vous vous rendrez à vous-même.

Oüy, MONSIEUR, je ne crains point de l'avoüer, j'ay profité de vos travaux, & en mettant en œuvre quelques-unes de vos penſées, j'ay fait un corps d'Ouvrage, qui, graces au ſoin que vous aviez pris de bien préparer les matieres,

ne m'a coûté que fort peu de peine.
Que je m'estimerois heureux,
MONSIEUR, si cette Piéce pouvoit meriter vôtre approbation !
Vôtre suffrage m'assureroit de ce-
luy du Public. Je sçay combien
il est attentif à vos décisions pour
regler les siennes. Nous avons une
preuve bien sensible de sa defe-
rence pour vos sentimens dans le
sort de ces ingenieux Voyages
Theologiques que vous venez de
mettre au jour. Leur vogue pre-
ceda l'Impression, & tout Paris
avant que de les avoir lûs, sçavoit
déja que c'étoit le Livre le plus
merveilleux qui eût jamais parû.
  Il est vray qu'en homme sage
vous avez pris de justes mesures
pour aller au devant des jugemens

SUITE DE LA NOUVELLE

CYROPEDIE,

O U

REFLEXIONS DE CYRUS

SUR SES VOYAGES,

A AMSTERDAM,

Chez les Freres Vvetstein, 1728.

70/60

bizarres d'un public, souvent injuste
& aveugle. Vous vous addressâtes
d'abord aux Dames; car vous êtes
poli, & vous n'ignorez pas de quel
poids est dans presque toutes les
affaires le suffrage du beau Sexe.
D'ailleurs celles à qui vous eûtes
recours sont en possession de décider
du merite d'un ouvrage, & de
regler les rangs sur le Parnasse.

Des Dames vous passâtes à la
Noblesse, & vous eûtes soin de
mettre dans vos interêts ce qu'il y
à chez elle de plus distingué.

Il n'étoit pas naturel que dans
une affaire de cette espece un Theologien comme vous oubliât l'Eglise.
Vous jettâtes les yeux sur elle, &
vous choisites parmi ses membres
des Prélâts : de ces trois états réunis,

il se forma en faveur de la nouvelle Cyropedie un Tribunal contre l'autorité duquel on n'auroit pû s'élever sans témerité.

Les Dames sçavoient toutes les petites Histoires détachées, répanduës dans le cours de vôtre Livre, & les trouvoient aussi agréables qu'elles le sont.

Les Gens de qualité étoient enchantez de la commodité & de la diligence surprenante avec laquelle vous faites voyager vôtre Heros ; & transportez hors d'eux-mémes, ils s'imaginoient, avec la même rapidité qu'il passe d'Egypte en Grece, ou de Grece en Perse, voler à leurs Maisons de Campagne pour y goûter cette douce tranquillité, cette joye naïve & paisible, que vous faites reſſentir aux eſprits les plus mornes & les plus rêveurs.

Les troiſiémes à qui vous aviez eu ſoin de lire les morceaux de Theologie dont vôtre Ouvrage eſt ſi galamment parſemé, ſe récrioient ſur la beauté du ſtyle, & avoient peine à comprendre qu'il y eût au monde un genie aſſez heureux pour répandre tant d'agremens ſur une matiere par elle - même ſeche & ingrate.

Tous enſemble charmez d'avoir un Client de vôtre merite, ſe fai-ſoient un plaiſir de voler à vôtre exemple, après le Char aîlé de Jupiter; & quand à table vous vous trouviez réunis, ils ſe croyoient dans le Jardin des Heſperides avec un Dieu qu'ils admiroient.

C'est vous, MONSIEUR, qui
étiez cette nouvelle Divinité.
Vous aviez soin de repaître leur
esprit de mille traits singuliers qui
vous distinguent du commun, &
vous les enyvriez d'un Nectar plus
doux que celui des Dieux qu'ils
venoient de quitter pour vous. En
recompense l'encens vous étoit pro-
digué, & les applaudissemens que
recevoit le Cyrus, d'une assemblée
formée de l'élite de trois illustres
états, vous faisoient sentir d'avance
qu'un Livre approuvé par un Tribunal si respectable, ne pouvoit
manquer de l'être generalement de
tout le monde.

Au reste, MONSIEUR, si on
vous rapelle l'origine du juste,
mais prodigieux succez, qu'ont eu

les *Voyages de Cyrus*, ce n'est que pour vous interesser à ménager une pareille fortune aux *Reflexions de Cyrus sur ses Voyages*. C'est toûjours vôtre dessein qu'on suit, & vôtre Heros favori qu'on continuë de montrer au Public sur le plan que vous avez vous-même tracé. Chez vous il écoute beaucoup, il parle peu, il agit encore moins, & ne pense point du tout. Il est vray que vous laissez finement entrevoir à vos Lecteurs ce qu'on pouvoit en ce genre attendre de vôtre Heros : vous luy donnez un Roy taciturne pour modele ; & on sent bien qu'un Prince formé dans sa jeunesse sur les exemples du sombre Sigée, ne pouvoit manquer , au moins sur ses

vieux jours, de devenir un vray
fonge-creux.

C'eft donc pour mieux entrer
dans vos vûës, & pour achever
de déveloper le caractere de Cyrus,
que je me fuis attaché à le faire
reflechir profondement. Vous l'em-
ployez les trente premieres années
de fa vie, à courir toutes les Ecoles de l'Univers, à confulter de
fçavans Maîtres; & moy je l'occupe dans fes dernieres années, à
raifonner fur fes avantures philo-
fophiques, à fe rappeller les fages
Leçons que vous luy avez fait
donner dans fa jeuneffe. N'eft-ce
point-là, Monsieur, peindre les
chofes d'après vous, & d'après nature? En faut il davantage pour
attirer vôtre tendreffe & vos foins

à un Enfant dont vous devez vous regarder comme le Pere, ou si cette expression n'est pas convenable à un disciple du pur amour, donnez-les à un Livre, dont vous êtes en quelque sorte l'Auteur. Il est la fidele image du vôtre, il voit le jour sous vos auspices ; & pour peu que vous soyiez d'humeur à le favoriser, le Public après avoir si fort applaudi à Cyrus dans l'Histoire de ses Voyages, ne sçauroit manquer de faire un bon accuëil à l'exacte continuation de ses paisibles avantures.

Il faut pourtant l'avoüer, Monsieur, J'ay pris la liberté de m'écarter de vous sur un point. J'ay admiré comme un autre, la noble uniformité & la nudité, permet-

tez-moy ce mot de vôtre style,
mais je n'ay osé l'imiter. J'ay senti
que le mien n'avoit point assez
de graces naturelles, pour charmer
par luy-même, & qu'il luy falloit
pour plaire, un peu d'artifice &
de parure. C'est ce qui m'a engagé à diversifier les lieux qui ser-
vent aux entretiens de Cyrus; à
embellir en un mot mon sujet de
petits incidens, d'images, & de
tous ces ornemens que les esprits
élevez & solides, tels que vous, re-
gardent comme frivoles; mais qui
plaisent au commun des Lecteurs.

D'ailleurs, MONSIEUR, un
sujet aussi grand, & aussi interessant que le vôtre, avoit dequoy se
soûtenir par lui-même. Quand vous
mettez Cyrus sur un Rocher aride

avec Solon, & que vous le tranf-
portez enfuite avec Amenophis dans
le creux d'un autre Rocher fur les
rivages de Tyr, on voit bien que fi
vous logez fi mal vôtre Heros, ce
n'eft pas faute d'avoir pû le placer
un peu plus gracieufement, & plus
à fon aife. Le vulgaire, il eft vray,
vous fçait mauvais gré de n'avoir
pas mieux choifi vôtre terrain ;
& comme il voudroit pour les
Heros une fituation un peu plus
commode, il voudroit auffi pour
luy-même des images plus variées
& plus riantes que ne l'eft l'afpect
continuel d'un Rocher, efcarpé.
Mais les connoiffeurs vous rendent
juftice, & jugent que de pareilles
bagatelles, n'auroient fervi qu'à
partager l'attention d'un Lecteur

à qui vous aviez à prefenter quelque chofe de plus folide, & de
plus intereßant que d'amufantes
Peintures.

Pour moy ma condition étoit un
peu differente, je n'avois point pour
objet dans mon travail ces divines
fpeculations qui ont fait de Cyrus
le Conquerant de l'Afie. Quelque
reflexions fouvent badines, ou lors
même qu'elles étoient ferieufes,
renfermées dans les bornes du fens
commun, devoient faire la matiere
de mon Livre; & vous fentez bien,
Monsieur, qu'en de pareilles
circonftances, je ne pouvois me
difpenfer de m'eloigner de vôtre
methode, & de chercher dans des
ornemens empruntez un fecours que
la petiteße de mon fujet me ren-

doit neceſſaire : Et puis, MON-
SIEUR, je ne ſçay même ſi toutes
choſes étant égales pour la matiere, il me conviendroit encore
de prendre vôtre ſtile pour modele.
On admire tous les jours dans les
Maîtres, des traits qu'on ne par-
donneroit point à un Apprentif;
& comme je ſçay qu'une negli-
gence heureuſe eſt le fruit du genie
ou le chef-d'œuvre de l'art, je me
ſuis fait une loy d'admirer long-
temps avec tout le monde de pareils
efforts, & d'attendre que vous
me jugiez digne de les imiter avant
que de m'eſſayer ſur un point auſſi
delicat que celuy-là. Vous n'aurez
pas de peine à comprendre que dans
de pareilles diſpoſitions mon admiration pour vous, ſera toûjours ſans

bornes, aussi-bien que le profond respect avec lequel j'ay l'honneur d'être ;

MONSIEUR,

Vôtre très-humble & très-obéïssant serviteur,

*Suite de la nouvelle Cyropedie, ou
Reflexions de Cyrus sur ses
Voyages.*

PREMIERE SOIRÉE.

CYRUS devenu le Maître de l'Asie, faisoit son séjour le plus ordinaire à Babilone; au travail qui l'occupoit la plus grande partie du jour, succedoient le soir des promenades, qui faisoient son plus ordinaire, & même son unique délassement. Le Prince, comme pour se dédommager du tumulte & de l'agitation, où il étoit obligé de vivre à la Cour, se separoit souvent de sa suite, pour s'entretenir seul avec Araspe. Le merite de ce Favori, ses

B

emplois, fon attachement invio-
lable pour la perfonne de fon
Maître, fa conftante à le fuivre
dans fes Voyages, & fur-tout le
bon ufage qu'il faifoit de fa faveur, empêchoient qu'on ne lui
enviât une diftinction, dont perfonne n'étoit plus digne que lui.

Dans ces rencontres, Cyrus &
Arafpe, rendus, pour ainfi dire à
eux-mêmes, & débaraffez du
fafte, & des gênantes bien-
féances, attachées aux grandeurs
de la Cour, ceffoient de répre-
fenter. On ne trouvoit plus dans
leurs converfations le Monarque
& le Miniftre. C'étoient deux
fidéles amis, qui baniffant loin
d'eux le fouvenir inquietant des
affaires, fe délaffoient fur tous les

autres sujets, que le hazard fournissoit à leurs entretiens, & se
parloient avec cette confiance reciproque, cette agréable liberté,
qui seule fait le charme des conversations.

A en juger par le caractere que
leurs donnent quelque Modernes, Cyrus étoit un Philosophe
plein de serieux & de phlegme,
qui n'ouvroit la bouche que pour
dire quelque sentence ; & Araspe,
un génie sombre & taciturne, sans
autre talent que celui de ne point
interrompre un homme qui parle.
Mais nous sçavons par de bons
Memoires de ce temps-là, qu'ils
avoient tous deux l'esprit naturellement enjoüé, & qu'Araspe,
dans ces entretiens secrets, se fai

ſoit un merite de réjoüir ſon Maître, par la maniere naïve, &
quelquefois plaiſante dont il s'ex-
primoit, ſur tout ce qui ſervoit
de matiere à leurs converſations.

Un jour ils étoient ſortis de
Babilone, pour ſe perdre dans les
vaſtes détours d'une immenſe forêt ſituée aſſez près de la Ville,
ſur les bords de l'Euphrate. Après
s'être long-temps promené, ils ſe
trouverent ſur le haut d'une colline. Là une foule de Cedres
antiques, dont les années éga-
loient celles de l'Univers, éle-
voient juſques au Ciel leurs branches immortelles, & ſous leur
feüillage épais, offroient au
Voyageur fatigué, une ombre
dont le Soleil n'avoit jamais trou-

blé la douceur. A leur pied naif-
foit un gazon toûjours verd. La
douce violette, & cette foule de
fleurs modeftes, qui aiment à fo
cacher au fond des bois, embau-
moient l'air de leurs parfums, &
offroient aux yeux la riante image
d'un Printemps éternel. Jamais
le fouffle empefté de la Canicule
n'avoit pénetré ce féjour. Les
feuls Zephirs y faifoient fentir
leurs douces haleines, & par une
fraîcheur conftante, temperoient
les défolantes ardeurs d'un climat
toûjours brûlant. La Biche, le
Daim, le Chevreüil, & les autres
habitans de ces bois, depuis long-
temps à l'abri des traits meurtriers
d'un Chaffeur impitoyable, accoûtumez à ne connoître les hu-

mains que par les careſſes qu'ils
en reçevoient, accouroient par
troupes, comme pour rendre hommage à ceux qui s'arrêtoient en
ces lieux, & bondiſſoient agréa-
blement autour d'eux. Tout en
un mot y reſpiroit la paix, la
tranquilité, l'innocence, & fai-
ſoit naître le goût de ces plaiſirs
purs, preſque toûjours confinez
dans la ſolitude, & inconnus ſous
les lambris dorez, & dans les
Palais des Rois.

Cyrus & Araſpe couchez paiſi-
blement ſur l'herbe, s'étoient
déja quelque temps entretenus
enſemble dans ce lieu, lorſque le
Prince apperçût par hazard les
débris d'une Cabanne, qui avoit
autrefois ſervi de retraite à Na-

buchodonofor, (*a*) dans le temps
où ce Prince en proye à une fureur qui le rendoit femblable aux
bêtes, (*b*) erroit dans cette forêt.
Cyrus après avoir quelque temps
arrêté les yeux fur cet objet,
s'écria : Quand nous vinfmes ici
emfemble (*c*) nous inftruire par
l'exemple de ce Monarque infor-
tuné ; quelle apparence que je
dûffe remplir dans peu d'années
le Trône, dont-il étoit alors le
Maître ? En effet , reprit le Miniftre, tout ce qui s'eft paffé me
paroît un fonge. J'ay beau avoir
été témoin de ces évenemens
extraordinaires , je doute prefque encore de ce que j'ay vû.

(*a*) Page 164. T. 2. (*b*) Page 154. T. 2.
(*c*) Page 148. T. 2.

A confiderer le train que vous aviez d'abord pris, je ne me ferois jamais avifé de croire que vous dûffiez finir par - là. Vous aviez, Seigneur, s'il m'en fouvient, vos quarante ans bien paffez, lorfque nous vinfmes ici. Vous n'aviez plus ce feu de la jeuneffe, qui foûtient dans les grandes entreprifes, & qui engage à les former. Vous aviez mené jufques alors une vie paifible & tranquille, fans ardeur pour la belle gloire, fans ambition, fans ufage de la Guerre, abîmé dans les fciences, & dans les fpéculations, dont la recherche avoit déja épuifé une partie de vos forces, fans conter celles que vos courfes continuelles

avoient diffipées. Tout cela franchement n'annonçoit pas trop le
Vainqueur de l'Afie : on ne fe
feroit point imaginé qu'un homme
de vôtre caractere dût penfer
pour la premiere fois à devenir
Conquerant, dans un âge où les
autres ceffent prefque de l'être,
& ne fongent plus qu'à joüir de
ce qu'ils ont déja acquis.

Cela montre, dit Cyrus, que
fi la nature produit les talens,
c'eft l'occafion feule & le hazard
qui les fait éclore. Que le Fils
d'Aftyage, & celui de Nabuchodonofor, nous euffent laiffez en
repos; je ferois peut-être encore
aujourd'hui au fond de la Perfide
avec toi, à approfondir quelque
queftion de Methaphifique; & je

bornerois peut - être ma gloire à
prouver à tel de mes Prêtres,
qu'il est moins bon Theologien
que moi. Mon génie étoit tourné
de ce côté-là ; & j'ai en quelque
forte fait violence à mon naturel :
en lui donnant d'autres objets ,
mais l'objet une fois changé , j'ai
fuivi ma pointe.

Avoüez-le, Seigneur, dit Arafpe , que vous êtes auffi redevable
de vos fuccès à l'auteur des Voyages de Cyrus, qu'à Cyaxare, ou
à Merodac, & que la malignité
de cet écrivain vous a encore plus
piqué , que le procedé inique de
vos deux Antagoniftes.

Je ne le diffimuleray point ,
répondit le Roy, ce Libelle fit
fur moi de vives impreffions, que

je n'avois point senti jusques alors.
Je fus plus sensible à la honte de
passer pour un imbécile, qu'à la
gloire d'être un Heros : & je puis
dire que si les violences du Roy
de Babilone me contraignirent à
la guerre ; le dépit qu'alluma dans
mon cœur l'Histoire de mes Voyages, décida plus que tout autre
chose, du succez de mes armes.
Mais puisque nous en sommes sur
cette matiere, donne-moi un peu
une juste idée de cet ouvrage ;
j'étois trop occupé de mes projets,
pour le lire tout entier lorsqu'il
parût, je me contentai d'en par-
courir à la hâte quelques endroits,
où l'on me dit que j'étois le plus
mal-traité, & peut-être même
qu'avec plus de loisir, je n'aurois

point eu le courage de lire de fuite
& avec attention, un Livre, où
je fçavois d'avance que je faifois
un vilain perfonnage.

En verité, Seigneur, réprit
Arafpe, cette délicateffe vous eft
bien pardonnable : jamais Satyre
ne fut écrite avec plus d'efprit &
d'artifice, ni dans des circonftances plus propres à produire fon
effet. L'Afie rétentiffoit en ce
temps-là des Oracles, qui vous
réprefentoient comme le deftruc-
teur de la Monarchie de Babylone : les Affyriens en étoient con-
fternez ; & pour balancer l'effet
de ces prédictions, Aramys zelé
pour l'interêt de fon Maître, forma le projet d'oppofer Prophetie
à Prophetie. La regle la plus fure

pour juger de ce qu'un homme
fera un jour, c'eſt de voir ce qu'il
a déja été. Vous aviez alors at-
teint l'âge, où l'on a pris ſon pli,
& où la nature ne ſouffre guéres
de changement. Un moyen donc
infaillible de raſſurer l'Aſſyrie
contre les entrepriſes que vous
feriez, c'étoit d'expoſer aux yeux
du public celles que vous aviez
déja faites. Cette eſpece d'Oracle
avoit dequoi balancer dans la plûpart des eſprits, l'autorité des
Propheties Judaïques, dont les
Aſſyriens n'étoient pas fort diſ-
poſez à reconnoître l'infaillibi-
lité. Ce fut ce qui détermina
Aramys à prendre le parti de vous
mettre ſur la ſcene, & de montrer à l'Aſie qu'un homme occupé

jufqu'à quarante ans à difcourir en Philofophe, n'étoit pas un ennemi fort redoutable, & n'avoit guére la mine de rendre vrayes les Prédictions faites fur fon compte. C'eft une ironie délicate & bien ménagée, où l'Auteur, fous prétexte de vous propofer pour modéle aux Grands Princes, répand à châque trait fur vôtre conduite un ridicule, dont il a fallu toutes vos Conquêtes pour vous relever: auffi réüffit-il à merveille dans fon deffein. Les Affyriens furent bien-tôt guéris de leur peur : le mépris fucceda à la crainte ; les chanfons & les plaifanteries ne furent pas le feul endroit, par où vous pûtes vous apperçevoir du peu de cas qu'ils faifoient de vous,

Il ne reüssit même que trop
bien, repliqua Cyrus; s'ils m'a-
voient moins méprisé, ils auroient
pris plus de précautions pour se
garantir de mes surprises, & il
m'en auroit plus coûté pour vaincre; c'est un service dont je suis
redevable à Aramys, & que j'aurois eu soin de reconnoître, si la
mort ne l'avoit souftrait à mes
bienfaits.

Quoi, réprit Arafpe en riant,
vous lui auriez pardonné l'am-
buscade dans le bois ? car vous
avez sans doute lû cet endroit-là.

Pourquoi non, dit le Prince?

Il est vrai, Seigneur, repliqua
Arafpe, que je vous ai toûjours
reconnu l'ame bonne & bien-
faisante.

Auffi réprit le Prince, l'Auteur des Voyages s'eſt il contenté de m'ôter le fens commun. Il ne s'eſt jamais aviſé de me trouver un méchant homme; & plein de reconnoiſſance pour les bonnes qualités dont il a jugé à propos de ne me pas dépoüiller, je me plairois à lui en faire reſſentir les effets. Tu peux aiſément en juger par la conduite que j'ai tenuë à l'égard de Cyaxare. Il eſt le premier Auteur des plaiſanteries qu'on a faites ſur mon avanture dans le bois. (*) Tu ſçais comment j'y fus inveſti de tous côtez par l'Infanterie ennemie; & que ne pouvant jamais mettre quatre Cavaliers de front, au milieu des

(*) Pages 25. & 26. Tome premier.

Arbres

Arbres & des Buiſſons, qui les
empêchoient de ſe réünir, j'étois
pris comme dans des filets, & j'al-
lois payer cherement les frais de
mon beau ſtratagême, lors qu'Ar-
taban, avec ſon corps de reſerve,
accourût à mon ſecours, culbuta
les ennemis, & mit dans leur aîle
gauche, un deſordre, qui cauſa
bien-tôt la défaite de l'Armée
entiere. Le lendemain Cyaxare,
qui ne m'aimoit point, & qui
étoit charmé de la confuſion que
mon indiſcretion me cauſoit, prit
cette occaſion pour me mortifier.
Il me fit en preſence de toute la
Cour, beaucoup de complimens
ſur les diſpoſitions que j'avois à
devenir un grand Capitaine. Rien
de tel, dit-il, en fait de guerre,

C

qu'une embuscade placée à propos. Vous voyez combien celle
de Cyrus a servi, & que la victoire a commencé par-là. Cette
plaisanterie courût toute l'armée.
Et l'Auteur des Voyages, en at-
tribuant malignement le gain de
cette Bataille à ma Cavalerie em-
busquée dans un bois, où elle ne
pouvoit servir ; n'a fait que rappeller une idée deja mise en œuvre plus d'une fois par des hommes
interessez à persuader au public
que j'avois peu de génie pour la
guerre.

Or après avoir pardonné ce
trait si piquant à un Prince, mon
ennemi, mon rival, & qui en a
été le premier auteur ; me siéroit-
il bien de le yanger sur un pauvre

Ecrivain, qui en se servant du même moyen pour me rendre ridicule, n'a fait après tout, que ce qu'on attendoit de lui.

Passe pour celui-là, dit Araspe; mais avec toute vôtre bénignité, voicy un article que vous ne lui pardonnerez certainement pas. Que vous ayez été un peu novice en fait de guerre à l'âge de seize ans, il n'y a rien là que de fort naturel, mais que vous soyez à quarante un imbecile en fait de politique, le trait me paroît un peu trop fort. Je vais vous le faire encore mieux sentir.

Aramys suppose que le Senat de Perse, (*) réfuse d'accorder au Roy vôtre pere, des subsides

(*) Page 126. Tom. 2.

pour la guerre qu'il fallut faire
à Aftyage.

Que veut-il dire avec fes fubfides, réprit Cyrus, cet Auteur
ne fçait-il point qu'en Perfe,
comme dans tout le refte de l'O-
rient, le Roy impofe à fon gré
des Taxes à fes fujets.

Vous imaginez-vous, Seigneur,
dit Arafpe, qu'Aramys ait prétendu peindre au naturel & en
hiftorien, les mœurs & le gouvernement de Perfe? Tout ce qui
pouvoit fervir à rendre la Perfe
ridicule, vray ou faux, lui étoit
également bon. Mais revenons
aux fubfides. Malgré le refus des
Senateurs, vous affemblez une armée de trente mille hommes, (a),

(a) Pages 128, 129. & 130. Tom. 2

vous la rangez en bataille dans
une plaine près de la Capitale ;
& par un aſſortiment le plus bizarre qui fut jamais, vous y con-
voquez en même-tems le Senat ;
& puis dans une docte harangue,
où vous dîtes mille politeſſes à
vos ſoldats, vous changez tout
d'un coup de ton, vous ne craignez point de rendre l'armée entiere, & tous les curieux qu'une
pareille ceremonie attire, dépo-
ſitaires des ſecrets de l'Etat, &
des diviſions qui y regnent ; en
préſence de cette multitude de
témoins, vous apoſtrophez bruſquement vos Senateurs, vous leur
réprochez leurs cabales : ce n'eſt
point tout, à la veille de marcher
contre l'ennemi qui les avoit fo-

mentées, vous leurs annoncez,
que si vous devenez victorieux,
ils ont tout à craindre de la colère d'un Prince que leurs intri-
gues ont irrité ; & comme pour
les pousser à bout, & les déterminer à joüer promptement de
leur reste, vous leurs dites qu'u-
ne seule bataille va décider du
sort de la guerre. (a) *Une seule
bataille décidera du sort de la Perse;
si Cambise est victorieux, vous devez craindre la justice d'un Prince
que vous avez irrité par vos cabales
secretes.*

Et tu crois, dit Cyrus, que
cela doive me fâcher.

Eh ! Seigneur, reprit Araspe,
laissez-moi achever le merveil-

(a) Pages 130. & 131. T. 2.

leux de cette burlefque avanture,
c'eft que vos Senateurs malgré
leur mécontentement, en gens
prudens & avifez, fe réüniffent
dans le deffein, dit vôtre Auteur,
de contribuer au Salut de la Patrie,
c'eft-à-dire, aux victoires d'un
Prince qui menace de n'ufer de fa
profperité que pour les accabler.
Voilà un contrafte de politique,
qui fait, ne vous en déplaife, de
vous & de vôtre Senat, les plus
extravagans perfonnages qui jamais fe foient mêlez de gouverner le genre humain.

Et tant mieux, dit Cyrus,
qu'Aramys fe foit avifé d'outrer
le ridicule jufques à ce point :
il eût été plus croyable, s'il en
eût moins dit, & les calomnies

les plus mesurées sont toûjours
celles qui nuisent le plus , à la
réputation des gens sur le compte
de qui on les invente.

Quel dommage, Seigneur, s'é-
cria Araspe , que nous n'ayons
point icy une plume & de l'encre,
j'écrirois les belles Maximes que
vous débitez : si l'envie me prenoit de bâtir un jour, un Temple à quelque Jupiter Olympien,
elles pouroient dans un besoin servir d'Inscriptions aux figures sim-
boliques que j'y placerois , &
amuser, comme j'ay vû quelque-
fois arriver ailleurs, un voyageur
oisif, qui des extremitez du Septentrion viendroit compter sur ses
doigts , jusques aux pierres qui
entreroient dans la construction

de cet Edifice.

Je vois bien , réprit Cyrus, qu'il y a du myftère à ce que tu dis : mais je ne fçais à quoy tu fais allufion.

C'eft, repliqüa Arafpe, à un petit incident de nos Voyages, qu'Aramys n'a point manqué de relever. Vous lui donniez en effet trop beau jeu, pour qu'il n'en profitât pas ; & quelque mécontent que je fois de lui d'ailleurs, je lui fçais gré de m'avoir un peu vengé de l'ennuy que vous me caufâtes à Crette dans le Temple de Jupiter Olympien, (*) J'enrageois de vous voir entrer en extafe à l'afpect de quatre ou cinq méchans Ecriteaux, tels que vous

(a) Pages 3, 4. & 5. T. 4

en aviez lû par milliers dans les
demeures de nos Mages & de nos
folitaires. Une foule de Cretois
furpris de l'air d'admiration avec
lequel *vous méditez le fens fublime
de ces paroles*, nous prenoit pour
des Germains ou des Cimbres
nouvellement fortis de leurs fom-
bres forêts, & qui n'ayant jamais
rien vû que des arbres & des frimats, trouvent des fujets d'admiration à chaque pas qu'ils font
fous un Ciel plus heureux. Ils
s'affembloient autour de vous, &
examinoient nôtre contenance,
avec autant de foin, que vous en
aviez à contempler vos Infcrip-
tions ; Abîmé comme vous l'é-
tiez dans une profonde medita-
tion, vous ne fentiez point tout

cela. Mais moi qui n'ay garde d'être si metaphisique & si contemplatif, je m'arreſtois à des objets plus materiels ; & je ſouffrois pour vous & pour moi, des ſoûris mocqueurs de cette multitude, que je voyois plaiſanter malignement, ſur les manieres un peu neuves de deux étrangers, auſſi originaux que nous paroiſſions l'eſtre. Aramys ſans entrer dans le détail de toutes ces circonſtances, les laiſſe finement entrevoir, par la maniere dont il peint vôtre admiration, & les frivoles objets qui la faiſoient naître. Après tant de malignité, ſeriez - vous encore d'humeur à lui pardonner ?

Ne ſçais-tu pas bien, dit Cyrus, que les Princes ne finiroient jamais, s'ils vouloient punir tous ceux qui cherchent à se divertir à leurs dépens, & que la Politique est sur ce point d'accord chez moi avec le bon cœur.

C'est l'entendre comme il faut, dit Araspe, & la generosité avec laquelle vous triomphez des plus justes ressentimens, ne doit pas vous faire dans le monde moins d'honneur, que le courage avec lequel vous venez à bout de vos ennemis. Mais pour moi, continua-t-il, qui ne suis pas obligé à des sentimens aussi heroïques que vous, je vous avoüe que si je tenois icy vôtre Historien, il me payeroit bien cher l'impertinent personnage qu'il me fait faire. Je ne fçaurois lui pardonner de m'avoir reduit à n'être qu'un valet banal, fans autre foin que celui de vous écouter, & de dire oüy ou non, à tous vos beaux dif-cours.

Il te fiéroit vrayment bien, dit Cyrus en riant, de valoir mieux que ton Maître ! Et n'aurois-tu pas honte de trancher du Heros dans mon Hiftoire, tandis que je n'y fuis moi-même qu'un pedant ?

Toutes vos belles raifons ne me confolent point, répondit Arafpe, je n'ay point par devers moi cent victoires, & la conquête de l'Afie, pour racommoder mes affaires. Ce que l'Hiftoire rapor-tera de vous dans les fiécles à ve-nir, convaincra la pofterité que

l'Auteur des Voyages a alteré vôtre caractère ; Mais moi , rien
n'empêchera qu'on ne me prenne
pour tel qu'il me peint.

Eh bien ! quand cela t'arrive-
roit, dit le Roy, n'aurois-tu point
de quoi te confoler par le plaifir
de te trouver en bonne compagnie? Cambife , Mandane, Hyf-
tafpe , ne font pas, dit-on, mieux
partagez que toy.

Cette compagnie eft fort belle, reprit Arafpe ; & me fait certainement beaucoup d'honneur:
mais ce n'eft pas dans l'Hiftoire
de vos Voyages. Là, les perfonnages que vous venez de nommer,
ont tout auffi mauvaife façon que
moi. L'Auteur ne s'épargne pas,
quand il s'agit de donner un air

niais & décontenancé aux per-
fonnes qui vous touchent : & fi
le merite d'une foci'eté où l'on fe
trouve, réjaillit fur les particuliers qui la compofent, je n'en
paroîtray que plus fot pour être
fi mal affocié. Ce qui me confole,
Seigneur, c'eft que dans la fuite
des fiécles, il naîtra fans doute
quelque faifeur de Roman, qui,
par refpect pour vous, travaillera à nous dédommager de la mauvaife figure que l'Auteur de la
Satyre nous fait faire. Plein d'é-
gards pour les bienfeances qu'é-
xigent vôtre dignité & vos grandes actions, il ne manquera pas
de nous donner un merite qui
foit proportionné au rang que
nous occupons auprès de vous :

& je ne defefpere pas de devenir
entre fes mains un de ces heros
du fecond ordre, qui fans primer
comme vous autres Meffieurs,
ne laiffent pas de valoir leurs
prix.

Mais eft-il bien vray, dit Cyrus, que toute ma famille y foit
auffi ridiculement répreféntée
qu'on le prétend?

Ecoûtez, répondit le Miniftre,
& vous en allez juger. Le Roy
vôtre pere eft un bon Prince,
mais fi bon qu'il en eft imbecille.
Il laiffe vivre fes fujets en paix,
parce qu'il n'a ni affez de cœur,
ni affez de capacité pour faire la
guerre. Soranne eft plûtoft fon
tuteur que fon Miniftre : & quand
il vous prend en gré de culbu-
tec

ter Soranne , vous êtes reduit à faire à Cambise la leçon en particulier, pour le mettre en état de répondre en public , N'est-ce pas-là un digne pere qu'on vous donne ?

Pour ce qui est de Mandanne , c'est la meilleure Princesse du monde, femme de bien & d'honneur , toûjours occupée de son ménage, & qui ne parle que pour vous conter des histoires ; (*) C'est-là son unique talent, aussi elle y excelle. Toutes les nourices & les gouvernantes d'Asie, pourroient sans honte venir à son école, apprendre le grand art d'endormir par leurs contes, les petits enfans, dont elles ne sçau-

(*) Pages 10, 15. 16. &c. Tome premier.

D.

roient appaiſer les cris. Sa pré-
voyance ſur tout eſt merveilleuſe,
les oracles avoient prédit qu'un
enfant qui naîtroit d'elle, ſeroit
la ruîne de l'Empire des Medes.
Aſtyage ne l'ignoroit point, cet
oracle ſe renouvelle d'une maniere éclatante, dans le Voyage
qu'elle fait avec vous de Perſe à
Ecbatanne : & il étoit bien difficile qu'Aſtyage n'apprit un nouvel incident ſi propre à reveiller,
ou à faire naître même ſes ombrages. Malgré tout cela Mandane eſt tranquille ſur vôtre ſort:
elle pouſſe même la ſecurité juſques à ſe retirer, (*) on ne ſçait
pourquoy, en Perſe, & à vous
abandonner ſans peine à la dif-

(*) Pages 17, 18. Tome premier.

cretion d'un Prince, qui devoit
naturellement vous immoler à son
répos & à la tranquillité de ses
Etats. Dans une situation si propre à allarmer sa tendresse, elle
ne craint pour vous à la Cour
d'Ecbatane, d'autres dangers,
que le goût de la volupté. Jugez
après cela du rôle que joüe cette
Princesse dans vôtre Histoire.

Mais que fait-on d'Astyage,
dit Cyrus ?

Oh ! pour celuy-là, répond
Araspe, il est excepté de la regle
commune ; & vous n'en devez
point être surpris. Aramys, qui
par tout ailleurs vous fait si bon
homme, saisit icy l'occasion de
vous rendre odieux, & prépare
les Lecteurs à regarder vôtre pro-

cedé à l'égard d'Aftyage, comme
un trait de la plus noire ingratitude, comme l'ufurpation la plus
criante qui fut jamais. Auffi y a-
t-il parfaitement réüffi ; & tout
Lecteur qui ne vous connoît que
par-là, eft indigné de vous voir
les armes à la main, contre un
Prince aimable, (*a*) *doux & bien-*
faifant, vôtre fouverain, vôtre
ayeul, & un ayeul dont la tendreffe pour vous alloit en quelque
forte jufques à la paffion; qui avoit
compté trouver en vous (*b*) *le*
foûtien de fa vieilleffe, & qui renonce en vôtre faveur, à mille
ombrages , que tout autre à fa
place, n'auroit pas manqué de
prendre à vôtre fujet.

(*a*) Page 14. T. premier.
(*b*) Page 28. Tome premier.

Et le bon-homme Hyſtaſpe, réprit le Prince, quelle figure faiṫ-il ?

La plus groteſque du monde,
répondit Araſpe. On annonce
d'abord, qu'il eſt (*a*) *un Capitai-*
ne experimenté, plein de politeſſe,
grand politique & grand philoſophe,
habile deſintereſſé &c. Quatre pages après ce beau debut, qui prépare le Lecteur à trouver une cer-
taine ſuperiorité d'eſprit, des manieres nobles, aiſées ; vous vous
aviſez d'être amoureux de Caſſandanne, & d'avoir beſoin de
quelque bon conſeil. (*b*) Hyſtaſpe embaraſſé ne ſçait comment s'y
prendre pour vous le donner : &
tout ſon ſçavoir faire ſe reduit à

(*a*) Page 30. Tome premier.
(*b*) Pages 37, 38, &c. Tom. premier.

quoy ? Vous ne le devineriez jamais ; à enfiler une longue Hiſtoire , qui n'a point de raport avec le ſujet en queſtion, & que le premier venu vous eût contée tout comme lui. C'eſt cependant la ſeule demarche qu'il fait pour vous inſtruire dans tout le temps qu'il paſſe avec vous , & c'eſt à quoy ſe reduiſent toutes ces belles qualirez.

Il eſt vrai, dit Cyrus, qu'Hyſtaſpe eſt là un fort joli modéle pour les gouverneurs : les jeunes Princes n'auroient certainement pas de peine à s'accommoder d'un pareil Mentor. Je me figure, continua-t-il, que Caſſandanne n'eſt pas plus épargnée que le reſte.

Pardonnez-moi, Seigneur, reprit Arafpe, l'Auteur ne l'a même que trop épargnée. (*) Il lui donne d'abord beaucoup de merite, mais c'eft bien en vain ; car elle n'en fait aucun ufage, fur tout depuis qu'elle eft mariée.

C'eft peut-être, dit le Prince en foûriant, que l'Auteur a voulu faire ingenieufement une petite leçon aux Dames, & leurs apprendre qu'après le mariage il ne doit plus être mention de leur merite, que leurs feuls époux doivent en reffentir les impreffions, & qu'il doit difparoître pour tout le refte du monde.

Non, Seigneur, repliqua brufquement Arafpe : l'Auteur des Voyages ne cherche point tous ces

(*) Page 32. Tom. premier.

rafinemens, il ne veut faire des leçons qu'à vos dépens, & aux dépens de ceux qui vous font attachez : & c'est fa coûtume de donner d'abord ironiquement aux perfonnages dont il fe joüe, de grands talens, dont quatre lignes après, il ne leurs refte pas l'ombre. Ce contrafte lui a paru avec raifon fort propre à rendre plus fenfible, la difformité des perfonnages qu'il met fur la fcéne, & à divertir les Lecteurs. Moi-même j'ay dans un certain endroit, (*) *un efprit tout enfemble enjoüé & folide : je fuis né pour les armes & fait pour la Cour : j'ay les talens neceffaires pour réüffir pendant la paix & pendant la guerre.*

(*) Page 52. Tom. premier.

Et tu te plains encore de l'Auteur des Voyages, reprit Cyrus?

Je me plaindray toûjours, dit Araspe, de n'avoir qu'un merite en peinture, qui s'efface aussitôt que j'agis ou que je parle.

Mais je te trouve bien delicat sur cet article, repliqua Cyrus.

Vous en parlez fort à vôtre aise, Seigneur, dit Araspe; si vous aviez parcouru le Livre un peu plus à loisir, & que vous eussiez vû de quel air on vous accommode sur vos voyages, vous changeriez bien de ton.

Eh! qu'apprendrois-je par cette lecture, dit le Prince? Rien que je ne me sois reproché déja vingt fois à moi-même: si tu savois combien j'ay honte de mes courses!

Et c'eſt juſtement ce qui vous rendroit plus ſenſible au récit qu'en fait nôtre Cenſeur, réprit Araſpe.

Il eſt vray, dit Cyrus, que nous ne ſommes jamais plus frappez du ridicule qu'on nous donne, que quand nous ſentons l'avoir merité.

Comme le Prince finiſſoit ces mots, il ſe trouva à l'iſſûë du bois, au milieu de ſes gardes. A l'entrée de la nuit, il avoit quitté la colline, où il s'étoit arrêté; & continuant ſa converſation avec Araſpe, il s'étoit inſenſiblément raproché de ſa ſuite. Il rentra avec elle dans Babylone, où nous le verrons plus d'une fois, s'entretenir avec ſon favory ſur l'Hiſtoire de ſes Voyages.

SECONDE SOIRE'E.

CYRUS ne pût fortir de fon Palais le lendemain de ce premier entretien. Il étoit déja tard, & le foleil fatigué de fa courfe, étoit prêt à chercher un doux répos dans le fein de l'Occean, avant que ce Prince pût fe débaraffer de la mulitude des affaires qui l'accabloient. Il monta enfin un peu auparavant la nuit fur une platte-forme, qui regnoit au haut du Palais. La fraîcheur de ce lieu n'en faifoit pas le feul agrément. Mille objets divers plus intereffans les uns que les autres, s'y prefentoient à la vûe;

D'un côté l'on voyoit Babylone, ses édifices, ses murs, sa vaste enceinte, ses Temples, ses Jardins. Une grande place ovale, longue de plus de trois cens pas, separoit la Ville du Palais. De chaque côté de cette place, regnoit un portique superbe, disposé en arc de cercle, soûtenu de cinq rangs de colonnes de marbre jaspé. Au milieu s'élevoit un obelisqué de marbre granit, haut de cinquante coudées, où Araspe avoit fait graver en caracteres hyeroglifiques, les principaux évenemens du regne de Cyrus. Dans les quatre faces du piedestal qui servoit de baze à cette pyramide, on voyoit en bas reliefs d'une sculpture exquise; là le Mede, icy

l'Assyrien, ailleurs l'Arabe, &
d'un autre côté l'Indien; venir
presenter au nouveau Maître de
l'Orient, leurs dons & leurs hom-
mages. Quatre Palais moindres
que celui du Roy, tous quatre de
même grandeur, de même syme-
trie, & dignes de loger autant de
Monarques , occupoient le fond
de cette place, & servoient de demeure aux Ministres, & aux principaux Officiers de Cyrus. Les
cinq plus grandes ruës de Babylone tirées au cordeau, venoient
aboutir à cette place, & laissoient
voir à toutes les heures de la jour-
née, cette foule d'habitans em-
pressez, d'artisans, de chars, qui
courans à des termes opposez, se
heurtent, s'embarassent les uns

les autres, & caufent cette agréable confufion ordinaire aux grandes Villes, & dont la vûë eft fi propre à delaffer un efprit fatigué par une gênante application. C'eft ce qui attiroit les regards du côté du Midy. A l'Orient on trouvoit une plaine agréable, couronnée d'une épaiffe forêt : au Septentrion, de vaftes campagnes terminées par des montagnes, qui portoient leur front fourcilleux jufques au-deffus des nuës. A l'Occident on voyoit l'Euphrate, fes quays, fes flots fouvent auffi agitez qu'une Mer en courroux, des Barques fans nombre chargées de mille chofes differentes : les unes partent, les autres arrivent. Leurs mouve-

mens divers, l'agitation des rames, la manœuvre du Nautonnier, les tours & les retours d'un
Negociant inquiet & induſtrieux ;
tout offroit aux yeux le ſpectacle
le plus intereſſant & le plus varié.

Dans le temps que Cyrus &
Araſpe avoient la vûë tournée
de ce côté - là , ils apperçurent
une Barque aſſez ornée, qui s'ap-
prochoit de terre ; il en ſortit
deux jeunes Etrangers de bonne
mine, ſuivis de quelques Eſclaves.
Cyrus s'arrêta un moment à les
regarder ; & puis ſe tournant vers
Araſpe, il lui dit : C'eſt ainſi que
nous courions autrefois le monde ;
& je voudrois pour nôtre honneur,
que les deux Etrangers qui viennent d'arriver, fuſſent les fils de

quelque puissant Monarque me-
tamorphosez comme nous en
avanturiers.

Vous allez, Seigneur, bien-tôt
sçavoir si vos souhaits sont rem-
plis, reprit Araspe. A ces mots il
appelle un Officier des Gardes
du Prince, & lui ordonne d'aller
s'informer de la qualité de ces
Etrangers, & du dessein qui les
amenoit à Babylone.

L'officier revint un moment après
annoncer que les deux Etrangers
étoient fils d'un Prince Arabe,
tributaire de Cyrus, & que leur
Pere les envoyoit pour être élevez
à la Cour de son Souverain.

Je me doutois bien, dit Araspe,
que nous ne trouverions gueres
d'exemples propres à autoriser

une

une conduite auſſi ſinguliere que
la nôtre l'a été pendant un temps.

N'auras-tu jamais que cela à
me dire, répliqua Cyrus, d'un ton
un peu fâché.

Oh! franchement, réprit Araſpe,
je ne vous croyois pas d'humeur
à vous impatienter pour des ré-
dites. Vous devriez être accoûtumé à vous entendre ſouvent ré-
peter la même leçon. Tous ces
Maîtres que vous conſultiez dans
vos Voyages, ne faiſoient que ſe
copier les uns les autres; & cependant vous ne vous laſſiez point de
les entendre.

Aramys inſiſte-t-il ſur ce point
là, dit Cyrus? Il n'a garde d'y
manquer, répondit Araſpe. Il ne
lui échappe pas une de vos fautes;

E

vous pouvez compter qu'elles font
chez lui mifes dans tout leur jour.

Je fuis curieux, réprit Cyrus,
de fçavoir quel motif il me prète
dans mes Voyages.

Quel motif, répondit le Favori?
point d'autre que celui de courir
le monde comme un Chevalier
errant: je me trompe, vôtre pere
vous dit, partez, & vous vous
mettez en Campagne fans aucune
autre vûë ni deffein.

Mais Cambife n'a-t-il point,
dit Cyrus, quelque motif, en me
donnant cet ordre?

Non, réprit Arafpe; attendez
cependant.... Que je me rapelle.
Oüy, continua-t-il, en riant:
(*) il vous envoye faire vôtre

(*) Pages 33. 34. & 35. Tome premier.

cours de Theologie & de Droit dans les Ecoles de Grece & d'Egypte. L'Auteur ne manque point encore de laisser entrevoir combien la mort de Cassandane vint à propos (*) pour vous mettre en état de remplir les grands projets que vôtre pere avoit formé pour vôtre éducation ; & comment ce Prince éclairé, vous trouvant un peu trop neuf à l'âge de trente ans , & malgré vôtre long féjour à la Cour d'Ecbatane , juge à propos , que pour achever de vous façonner , vous fassiez encore quelques tours dans les pays étrangers. Il peint fur tout au naturel, la tendresse plus que desinteressée de Cambyse & de

(*) Page 130. Tom. premier.

Mandane, qui ne s'embaraffent point de vous perdre, pourvû qu'ils vous mettent en train de vous former : (*) cette docilité merveilleufe, avec laquelle vous commancez brufquement vôtre voyage, fans faire la moindre attention à l'abfurdité des ordres qu'on vous donne . . . . . .

N'appelle point cela docilité, interrompit Cyrus, c'étoit folie ; & je fçay gré à l'Auteur d'avoir bien fait fentir l'extravagance de mon procedé, abandonner ainfi ma patrie, ma famille, une couronne qui viendroit peut-être à vacquer dans un temps où je ferois à l'autre bout du monde ; & tout cela pour courir mille dangers.

(*) Page 135. Tom. premier.

Oh ! pour les dangers, réprit Araspe, Aramys a grand soin de nous les faire tous éviter. Vous avez tous les sujets du monde de vous loüer de lui sur cet article; & jamais Auteur n'a traité son héros avec plus de douceur & de ménagemens. Il nous met toûjours en chemin par le plus beau temps du monde , les fiers aquilons retiennent leurs haleines , le seul zéphir ose souffler sur l'onde , & ne souffle qu'autant qu'il le faut pour remplir nos voiles, d'un vent qui nous fait voler en un instant d'un port à l'autre. (*) Point de tempête, point d'ecuëils, point de naufrages, point de pyrates pour nous. Ce n'est point

(*) Pages 135, 178. 267. T. premiere.

affez : on nous épargne les incom-
moditez le plus neceffairement
attachées aux voyages. Nous ne
manquons jamais de rien ; & jufques dans les deferts les plus in-
cultes, nous trouvons des hôtes
obligeans & gracieux, qui fe font
un mérite de bien accuëillir des
étrangers tels que nous. Par tout
où nous arrivons, il fe rencontre
fur nôtre chemin, un homme tel
qu'il nous le faut, apofté à point
nommé pour nous bien faire les
honneurs de la Ville où nous en-
trons. Icy il ne nous en coûte
que la peine de demander brufquement le chemin de Badeo. (*)
Sur un debut fi peu gracieux, le
bon Amenophis fe prend d'abord

(*) Page 136. Tom. premier.

d'amitié pour vous , & s'empreſ-
ſe de vous méner paſſer la nuit
chez lui. Là Pithagore vous épargne galamment, juſques à la peine de vous nommer, & vous connoît à vôtre ſeule mine (*) pour
le fils de Cambyſe : il eſt vray que
pour ſauver les apparences, vôtre
Hiſtorien metamorphoſe ce Philoſophe en prophéte, & lui fait lire
clairement dans l'avenir le plus
éloigné, les prétenduës proſperi-
tez (b) de je ne ſçay quelle Bour-
gade d'Italie. Mais pour revenir
à nos voyages ; ſi les Dieux eux-
mêmes vouloient voyager ſur terre , je les défierois de prendre
une méthode plus gracieuſe que

(*) Page 7. Tom. 1.
(b) Page 61. Tom. 2.

celle qu'Aramys a choisie pour nous.

Avoüe donc pour le coup, dit Cyrus, que tu lui es bien redevable. S'il avoit décrit les choses comme elles arrivent d'ordinaire, & comme en effet elles nous sont arrivées ; combien de murmures, d'impatiences, de petites scenes n'auroit-il point rapporté, qui auroient fait rire le public à tes dépens !

Ce n'est point pour me les épargner, reprit Araspe, qu'il s'est tû sur les dangers que nous avons courus, & les obstacles que nous avons eû à vaincre. Il a craint qu'en décrivant nos avantures, même les plus humiliantes, on ne trouvât dans la maniere dont vous vous en tiriez, des traits de courage, de fermeté & d'adref-fe qui démantiſſent l'idée déſa-vantageuſe qu'il vouloit donner de vous. Au reſte je lui aurois fort pardonné le recit de mes im-patiences, bien perſuadé que le public auroit été fort d'humeur à me pardonner les impatiences mêmes. Et le moyen en effet d'é-coûter de ſang froid toutes les puerilitez qu'on vous débitoit ; (a) *l'œuf du monde* (b) *la vieille chévre d'Hermés, nos ames* (c) *qui en-trent dans le corps d'un chat, d'un ſinge, &c.* & tant d'autres extrava-gances, dont tous ces charlatans que vous conſultiez avoient coû-

(a) Page 217. Tom. premier,
(b) Page 206. *Ibid.*
(c) Page 226. *Ibid.*

tume de farcir leurs longs & ennuieux difcours ; pour vous qui
aviez le genie tourné du côté des
profondes fpeculations, je m'ima-
gine que vous trouviez là-dedans
de fublimes mifteres ; mais moi
dont le goût étoit tout different, je
n'y voyois que des chimeres, des
abfurditez propres à me dégoûter
du métier que nous faifions. Auffi
tandis que vous reveniez de vos
voyages, plein de principes fûrs &
folides fur la Religion, je n'en
revenois qu'avec plus d'ignorance
& de doutes que jamais.

Que tu te trompes, cher Arafpe, dit Cyrus, fur l'idée que tu
te forme de ma fçience : il s'en
falloit bien que je n'euffe trouvé
chez les Philofophes ce qu'on m'y

faisoit chercher.

Cela me rapelle, dit Araspe, un trait assez plaisant, que vôtre Historien met sur vôtre compte, dans une des leçons theologiques qu'il vous fait donner par Zoroastre ; ce Philosophe vous aprend qu'avant que d'habiter un corps mortel, vous avez été Jynga, Synoche ou Cosmogoge. (*a*)

Cosmogoge, Synoche, ciel quels noms ! s'écria Cyrus, qu'entends-tu par là ?

Oh Seigneur, vous m'en démandez trop, répondit Araspe, le moyen que je le sçache ; Aramys lui-même ne le sçavoit peut-être pas, du moins il ne nous en dit mot.

(*a*) Pages 117, 124. Tom. premier.

Je n'aurois point crû , reprit
Cyrus, qu'un homme d'espritcom-
me lui , eût voulu donner dans le
pédantisme, & s'amuser à un vain
étalage de termes que la plûpart
de ses Lecteurs n'entendroient
point , qui ont même tout l'air
d'être fort inutiles à son sujet.

Inutiles , s'écria Araspe , non
pas s'il vous plaît, Seigneur, Ami-
licte , Teletarque & Cosmogoge,
ignorez-vous quelle vertu à un
tissu de noms si étrangers & si
grotesques pour rendre ridicule
un personnage qui vient vous les
débiter gravement : rien n'est
mieux qu'un pareil tour de plaisanterie dans le dessein qu'avoit
Aramys de divertir un peu ses
Lecteurs au dépens de Zoroastre,

& de le traveſtir en vrai maître
d'école ; ce perſonnage au reſte
s'ajuſte à merveille avec le vôtre,
vous êtes dans l'endroit en queſtion, le plus franc petit écolier que
j'aye jamais vû, & c'eſt où j'en
voulois d'abord venir. Après le
long & ennuieux diſcours, où l'on
vous revele que vous avez été
Jynga, (a) saiſi d'étonnement, vous
vous écriez, *je ſuis donc un rayon de
lumiere détaché de ſon principe.* L'en-
thouſiaſme eſt charmant, & me
fait toûjours rire quand j'y penſe.

Cependant, dit Cyrus, de la
maniere dont tu me raconte les
choſes, le Jynga ne devoit pas
me paroître un être fort lumineux

(a) Page 127. Tom. premier.

dans l'hiftoire de mes voyages.

Oh, dit Arafpe, Aramys ne vous a point placé là pour y regarder de fi près, il trouve bien mieux fon compte à ne pas vous rendre fi clair voyant : vous lui fourniffez par-là encore un nouveau trait de ridicule dans le même endroit. Vous apoftrophez ingenuëment, & avec un certain air de fimplicité, qui vous fied on ne peut pas mieux, vous apoftrophez dis - je Zoroaftre, pour lui demander le chemin par où l'on monte à l'Empirée, il vous l'avoit dit le moment d'auparavant. (a) Mais Zoroaftre étoit bon maître il ne fe laffoit point de repeter, il connoiffoit la legereté des jeunes

(a) Page 115, Tom. premier.

gens, il ſçavoit qu'aprés avoir re-
dit les mêmes choſes dix fois, on
étoit trop heureux quand ils pouroient les entendre & les retenir
une ſeule, auſſi eût il la complaiſance, après les parantheſes & les
préambules ordinaires aux pe-
dans (*) de vous indiquer, dans
les mêmes termes qu'auparavant,
le grand chemin dont vous êtiez
ſi fort en peine : ce que vous n'a-
viez pas entendu la premiere fois,
vous vintes à bout de le comprendre la ſeconde, & Dieu ſçait combien vos extaſes redoublerent
quand on vous annonça, à vôtre
grand étonnement, ce que le dernier petit pâtre de Perſe apprend
pendant qu'il eſt encore à la ma-

(*) Page 128. 129. Tom. prémier.

melle , *que la vertu seule conduit les hommes au séjour des immortels.*

Tu le prends sur un ton , dit Cyrus en riant , à me persuader que tu me crois coupable de toutes ses sotises.

Oh ! je n'ai garde, Seigneur , repliqua Araspe. Après tout, continua-t'il, permettez-moi de vous le dire ; toutes les fois que j'ai été témoin de vos entretiens dogmatiques , je vous ai trouvé étrangement admirateur. Vous étiez toûjours à vous récrier sur les belles choses que vos maîtres vous débitoient ; & à voir vos exclamations , & les especes d'extases où vous entriez en les écoutant ; (*) je me serois imaginé que cha-

(*) Pag. 113, 127, 224. T. 1. Et Pag. 48, 375, 76, 289, Tom. 2.

que mot de leur part étoit un oracle qui vous reveloit quelque
grand mistere , il est vray que
que c'étoit par tout même dé-
monstration de vôtre côté. Vous
aviez , il m'en souvient , un certain tour de compliment circulai-
re, qui revenoit à chaque fois ;
l'un n'étoit pas mieux partagé que
l'autre, & le plus grand homme
chez vous , c'étoit toûjours celui
qui avoit l'honneur de vous entretenir. Il étoit cependant impossi-
ble que tous ces Docteurs ne se
donnassent de temps en temps le
dementi les uns aux autres sur
plus d'un article. Et c'est juste-
ment là, repliqua Cyrus, ce qui
dans la suite causa mon embarras ; je l'avouë à ma honte, je fus

F

successivement le joüet de toutes les differentes fables qu'on me débita ; mais délivré de cet éblouïssement, que ta surprise & la nouveauté m'avoient d'abord causé , je fis des reflexions , & si elles ne pûrent me garantir de l'illusion, elles servirent du-moins à m'en faire revenir. Je crûs voir dans tout ce qu'on m'avoit enseigné des contradictions & des puerilitez dont je rougissois d'avoir été la dupe. Zoroastre, disois-je , m'apprend que cette matiere étherée qui se répand par tout l'univers (*) est le corps du grand Oromaze , & que la verité est son ame : ce que je respire, ce que j'agite, ce que

(*) Page 110. Tome premier.

je fens , en un mot tout ce qui
exifte eft donc Dieu. D'ailleurs,
dire que ce Dieu a la verité pour
ame ; c'eft dire, qu'il eft inani-
mé : la verité en elle-même n'eft
rien, ce n'eft que le fimple rapport de conformité d'une chofe
avec l'autre, ce n'eft qu'un fimple
mode qui peut convenir à ce qui
n'eft que pure matiere ; & un Dieu
qui n'a d'autre ame que celle-là,
eft un Dieu bien materiel. Dire
donc que Dieu eft la matiere qui
a la verité pour ame ; c'eft dire
proprement qu'il n'y a point de
Dieu , & l'ordre de cet Univers nous apprend, qu'il a fallu
pour l'établir & pour le conferver, un être intelligent, un pur
efprit qui n'eût pour corps ni la

matiere en general , ni aucune portion de matiere en particulier ; la raison me le persuade & Zoroastre lui-même en convient , (*a*) comment donc accorder ensemble toutes ces notions,

L'ame d'un méchant homme passe , dit-il , par punition dans le corps de quelque bête, (*b*) mais cette transmigration seroit - elle un si grand malheur ? les plaisirs d'un rat ne valent-ils pas bien les nôtres? & ses chagrins sont - ils comparables à ceux qui nous rongent: nos lumieres dans cet état sont plus bornées ; mais en mettant des bornes à nôtre esprit, n'en met-on pas à nos peines? Le

(*a*) Pages 101. 107. 8. 117. Tom. premier.
(*b*) Page 126, Tom. premier.

grand malheur de ces conditions, seroit le souvenir de celles où l'on auroit autre fois été. Mais Zoroaftre pourroit-il bien me dire quel corps il a habité, ayant que d'animer celui d'un Prince Indien? pour moy ma memoire ne s'étend pas au - delà de mon enfance, & Cyrus est le seul être que j'aye jamais connu chez moy.

Il est pourtant vrai de dire, réprit Araspe, que vous avez éprouvé une espece de métempsycose, vous n'étiez d'abord que le fils d'un berger, ensuite vous vous êtes trouvé fils de Roy, & Roy même avec le temps; mais pour contenter Zoroaftre, il faut si je ne me trompe, des transmigrations un peu plus physiques, &

moins aisées à retenir que celles-
là ; celle dont on prétend que
Pythagore se vantoit, seroit fort du
goût du Mage. On me dit à Gnos-
sus, que le Philosophe de Samos
se souvenoit du personnage qu'il
avoit fait au siège de Troyes.

Eh bien! dit Cyrus, supposons
pour un moment ce que tu veux,
ce souvenir de leur premiere condition feroit-il naître chez les
animaux des regrets bien sensibles ? J'ay crû un temps sur la pa-
role de Zoroastre avoir été ange,
(*) avant que d'habiter un corps
mortel. Cyrus m'en étoit-il pour
cela moins cher ? En avois-je
moins de goût pour rester ce que
j'étois ? Il en est de même d'un

(*) Page 115. T. premier.

Rat, quelles que foient fes con-
noiffances fur la vie qu'il a au-
tre-fois menée ; fon attachemem
à fa condition préfente, l'empor-
te fur toutes autres chofes. Que
d'induftrie ne met-il point en œuvre, pour fe garantir des piéges
qu'on lui tend, & pour conferver des jours qui nous paroiffent
fi triftes & fi méprifables! Le paf-
fage de nos ames dans ces fortes
de corps, n'eft donc point, comme le prétend Zoroaftre, la punition de nos crimes. Mais enfin,
difois je quelque-fois, le principe ou le motif de cette tranfmi-
gration, comment eft-elle parve-
nuë à la connoiffance de Zoroaftre ? Eft- ce par raifonnement ?
non, cet évenement eft un point

de fait ; & les faits ne s'apprennent point par raifonnement. Eft-ce par fa propre experience ; par la dépofition de quelques témoins irreprochables ? Mais nous ne voyons perfonne qui fe fouvienne d'avoir eflaïé de pareilles metamorphofes ; on nous cite Pythagore. Mille autres ne devroient-ils pas avoir fur leur fort les mêmes lumieres que lui. Son témoignage feul doit être compté pour rien dans une affaire de cette nature. Tout ce que Zoroaftre m'a donc dit fur ce fujet, n'étoit que des vifions & des chimeres.

Mais, dit Arafpe, il faut au moins que fur les Aftres il vous ait appris de belles chofes. Je vous vis revenir de-là avec un goût fi formé pour l'Aftronomie!

Effectivement , dit Cyrus, un homme eft grand Aftronome, & fort avancé dans la connoiffance du Ciel , quand il a appris que les fols font logez dans la Lune , (*) les Mifantropes dans Saturne, & que chaque globe celefte pour ne pas s'égarer chemin faifant, a be- foin d'un guide qui le conduife. C'étoit - là cependant toute la fcience Aftronomique de Zoroa- ftre , & le digne objet de ma créance & de mon admiration. Encore fi Zoroaftre m'avoit donné quelques notions folides , en me rempliffant l'efprit de tant d'ab- fanditez. Mais avant que de le confulter, la raifon m'avoit déja

(*) Pages 121. 124. T. premier.

appris à connoître le grand Oromaze, à estimer la vertu, à ne
pas regarder la mort, comme la
destruction de mon être. Le reste
de sa doctrine n'étoit que des Fables, qui auroient pû me faire
douter même des veritez qu'il y
mêloit, si celles-ci n'étoient fon-
dées sur d'autres principes que
sur l'autorité d'un visionnaire contemplatif.

Aussi, comptez, reprit Araspe,
que l'Auteur des Voyages ne vous
passe rien sur cet article. Vôtre
credulité, vos transports, vos ra-
vissemens, cette flexibilité d'esprit étonnante, qui vous faisoit
dans un moment passer d'un Systême à l'autre; tout cela est
peint au naturel, & il a eu soin

de me bien venger de l'ennui que
m'a si souvent causé vôtre infatigable attention à écoûter tant
d'intarissables discoureurs.

J'aurois bien voulu, dit Cyrus,
en avoir été quitte comme toi,
pour m'ennuyer ; mais il m'en
coûta des soucis plus inquiétans
que ceux que peut donner l'ennui ; & les diverses leçons de tant
de maîtres, me jetterent dans d'é-
tranges perplexitez. Le faux y
étoit presque par tout revêtu des
mêmes couleurs que le vrai : point
de traits qui pussent servir à les
faire demêler l'un de l'autre. Je
ne sçavois quel parti prendre, &
mon esprit flotta long-temps dans
une triste incertitude. Daniel lui-
même, le croirois-tu, Daniel ne

vint point à bout de m'en tirer;
il me fit de la Religion des Juifs
un portrait (*) grand, noble, &
dont je fus d'abord enchanté :
mais mon esprit étoit accoûtumé
à douter. Les abfurditez aufquel-
les je m'étois d'abord livré, me
faifoient craindre de donner dans
de nouveaux travers, & me mettoient en garde contre toutes les
idées fingulieres en matiere de
Religion. J'examinai le difcours
de Daniel : je ne pûs rien décou-
vrir dans le Tableau qu'il m'a-
voit tracé, qui ne fût parfaitement
conforme à la raifon, & digne de
la majefté de Dieu. Les chimeres
& les contradictions des Mages ne
trouvoient point de place dans la

(*) Page 199. Tome 2.

Theologie des Hebreux ; mais ce
n'étoit point aſſez pour moi, le
Prophete s'étoit contenté d'expoſer ſon ſyſtême ; & une expoſition
n'eſt point une preuve. Une choſe,
pour être plauſible, n'en eſt pas
toûjours pour cela plus réelle ; &
pour croire des faits, il faut plus
que de la vrai - ſemblance : je ſou-
haitois que Daniel n'eût rien dit
que de vrai ; mais je n'étois point
encore convaincu qu'il eût rempli mes ſouhaits. Il n'avoit point
aſſez inſiſté ſur les principes, qui
pouvoient ſervir à détruire mes
ſoupçons, il n'avoit gueres fait
que les indiquer. En ce temps-là
commencerent nos guerres contre
les Aſſyriens ; & dans les victoires
qui je remportai, je vis l'accom-

plissement des Propheties Judaïques. Cet évenement commença
à dissiper mes doutes. Pour m'af-
fermir encore davantage dans ma
nouvelle créance, devenu maître
de l'Assyrie, je consultai les Prêtres Juifs : j'examinai les preuves
sur lesquelles leur Religion est
fondée, & je les trouvai incon-
testables. Elles porterent la con-
viction dans mon esprit, ma raison
ne pût se défendre d'adopter une
Religion, à qui elles servoient de
fondement ; & mon cœur commença à joüir d'un repos, que les
chimeres que j'avois apprises dans
mes Voyages, n'avoient servi qu'à
troubler.

Si les lumiéres qu'on vou... donna
sur la Religion, réprit Araspe,

d'un ton un peu mocqueur, n'eu-
rent pas de quoi vous contenter,
vous fûtes bien dédommagé par la
connoiſſance profonde que vous
acquites des Loix : & vous ré-
vintes de vι voyages, plus en état
d'être le Legiſlateur , que le Conquerant de l'Aſie.

Il y paroît beaucoup, dit Cyrus,
en riant, & l'on peut juger de ma
capacité en ce genre , par les effets
quelle a produits ; la Perſe a changé de face depuis mon retour , &
tout l'Orient reconnoît mes Loix :
Voilà, ajoûta-t-il, le fruit de mes
études.

Ce n'eſt pas aſſûrement, réprit
Araſpe, le fruit de celles que vous
avez faites dans vos Voyages ; &
vous avez appris ailleurs qu'à

l'école de Solon, le Droit que vous
venez d'établir en Asie.

Oh ! dit Cyrus, c'est que je me
suis piqué de l'emporter sur mes
maîtres, & de faire un nouveau
Code, qui valût bien le leur.

Il est vrai, repliqua Araspe, qu'un
grand secret pour faire de nouvelles découvertes dans le Droit,
c'est d'avoir une armée de cent
mille hommes en campagne, &
de la sçavoir bien gouverner, avec
cela, on voit mille bonnes choses,
dont les autres ne se feroient jamais avisez, & l'on devient en
moins de rien, plus grand Legis-
lateur, que ne l'ont été Minos,
Lycurgue ou Solon.

Mais, raillerie à part, Seigneur,
vous voilà tranquille possesseur de
deux

deux vaſtes Empires ; l'Egypte ſe croira trop heureuſe, ſi vous la laiſſez en paix, & le Scythe n'oſera plus continuer ſous un Prince bel-liqueux, des courſes que la ſeule moleſſe des Medes l'animoit à faire ſur leurs terres. Peut-être voudrez-vous employer vôtre loi-ſir à donner de nouvelles Loix à vos Sujets ; & alors celles que vous avez approfondies dans vos Voyages, vous feront d'un fort grand ſecours.

Sans doute, répliqua Cyrus ; une petite République eſt juſte-ment le vrai modéle ſur lequel il faut regler une grande Monar-chie ; & nous allons policer l'Aſie entiere, comme l'eſt une ſeule des Villes de la Grece. Il s'agit ſeu-

G

lement d'opter entre (*a*) Sparte ou Athenes. (*b*) Aide-moi à me déterminer, car le choix m'embarrasse.

Je voi, Seigneur, dit Araspe, qu'il faut aujourd'hui mesurer ses termes avec vous, vous êtes en humeur de plaisanter, & vous relevez tout. Je tâcherai dorénavant, de vous donner moins de prise. Mais pour revenir à nos Loix : Ne trouveriez-vous rien à imiter dans celles d'Egypte. (*c*)

Il est vrai, répondit Cyrus, que l'Egypte est une grande Monarchie. Mais pour en apprendre l'histoire & les loix, quelle né-

(*a*) Page 240,
(*b*) Page 295. Tome premier.
(*c*) Page 194. Tom. premier.

ceffité de sortir de Perse ? Et s'il
falloit cette connoissance pour
être un grand Prince, ne pouvois-
je l'acquerir à moins de frais,
d'ailleurs, si le soin de policer les
hommes, & l'ambition de devenir
un bon Juge, eût été ma passion ;
j'aurois trouvé en Perse plus de
secours pour cela qu'il n'en falloit, tu sçais jusqu'à quel point
on s'y attache à l'étude des Loix ;
& qu'on nous en fait des leçons
dans les Ecoles publiques, à un
âge où nous ne sommes ni en état
de les entendre, ni d'humeur à les
goûter. (ª) Je pouvois donc, sans
chercher si loin, devenir grand
Jurisconsulte ; mais ce ne fut jamais là mon inclination. J'ai toû-

(ª) Page 4, Tom. premier.

G ij

jours eu dans l'efprit, que le de-
voir d'un Prince, eft de fe connoître mieux en Juges qu'en Loix;
& qu'il doit beaucoup plus s'attacher à démêler le caractère &
les talens de ceux qu'il prépofe
pour adminiftrer la Juftice, qu'à
debroüiller les chicannes d'une
queftion de Droit.

Pourquoi donc, dit Arafpe,
vous appliquiez-vous fi fort à la
recherche des Loix dans le cours
de vôtre Voyage.

Ne t'ay-je point déjà dit, répondit Cyrus, que je ne fçavois
ny ce que je voulois, ny pourquoy je voulois ? J'étois alors entre les mains de Cambyfe & de
Mandane, ce que j'ay été depuis
entre les mains de l'Hiftorien de

mes Voyages : je changeois de goût & de genie, pour prendre à point nommé le caractère qu'ils jugeoient à propos de me donner.

N'est-ce point aussi, dit Araspe, que vous cherchiez un peu à vous divertir, par la connoissance de certains usages bizarres qui se trouvoient établis chez toutes les Nations, dont vous vous avisiez de consulter les Loix.

Au fond, si c'étoit là mon dessein, dit Cyrus, je n'ai pas trop mal réüssi à le remplir.

Il n'y a qu'une petite difficulté qui m'arrête, dit Araspe : c'est que vôtre Historien ne veut pas que vous ayez assez d'esprit pour former un pareil projet. Ainsi il faut, s'il vous plaît, en revenir

G iij

au premier fyftême, & dire que
vous en agiffiez ainfi fans fçavoir
pourquoy.

Oh ! n'en déplaife à vôtre Auteur, réprit Cyrus, je voyois clair
à ce que faifois. Je m'appercevois
à chaque fois, que tous mes Docteurs en Droit ne m'apprenoient
rien ; & qu'en fait de Loix, tout
ce qu'on m'enfeignoit de nouveau
fe reduifoit à des puerilitez. En
effet pour la politeffe, & tout ce
qui contribuë à l'agrément de la
focieté, il étoit difficile d'ajoûter
aux leçons que j'avois reçûës en
ce genre à la Cour d'Ecbatane.
(*) Quant au bon ordre & à l'innocence des mœurs, que pouvois-
je defirer de plus, que ce que je
voyois déja établi , pratiqué

_____

{*} Pages 6, 78. &c, Tom. premier,

même, en Perse. (a) Or avec de pareilles difpofitions, n'étois-je pas fort en état de me paffer de toute autre inftruction, & de fentir aifement le défaut de celles qu'on me donnoit ? Mais, crois-moi, nous fommes fatiguez tous deux. Laiffons-là l'ennuyeux fouvenir de mes Voyages, & ne fongeons à prefent qu'à prendre quelque nourriture, & un repos dont nous avons befoin : auffi - bien nous faudra-t il beaucoup & longtemps travailler demain. A ces mots Cyrus & Arafpe fe feparerent, & ne fe virent de plufieurs jours, que pour s'occuper de foins plus importans, que celui de raifonner fur le Livre d'Aramys.

(a) Pages 3, 4, & 5. Tome prèmier.

TROISIÉME SOIRÉE.

CYRUS aimoit la chasse, c'est le plaisir des Héros & des conquerans. Cet exercice jusques dans le sein de la paix , leur retrace une vive image de la guerre, & leur remet devant les yeux leurs conquêtes & leur gloire. Un Sanglier monstrueux, tel que celui de Calidon , ou celui dont Hercule delivra la forêt d'Erimanthe , ravageoit les campagnes voisines de Babylone. Il étoit la desolation des moissons & des troupeaux. Le laboureur & le berger , n'osoient plus sortir de leurs cabannes. Cyrus le sçût ; & comme un nouvel Hercule , après

avoir exterminé les tyrans, il voulut purger la terre de monstres,
il attaqua & tua de sa main le
sanglier. Fatigué des travaux que
cette Victoire lui avoit coûté, il
revenoit à une maison qui lui servoit de retraite dans ses chasses,
lors qu'un objet plus interessant,
l'arrêta en chemin. En passant
dans un vallon, il apperçût sur
le penchant d'une colline, une
grotte spatieuse, que la nature
avoit creusée dans le roc. Une
mousse toûjours verte en tapissoit
les parois, & tout au-tour regnoit
une petite plaine d'environ cent
pas, où des Tilleuls que la nature seule avoit eu soin de ran-
ger, entretenoient une ombre sa-
lutaire, & de leurs branches en-

trelacées, formoient en quelques
endroits d'agréables berceaux. Du
fond du rocher fortoit à gros
boüillons une onde claire , après
s'être creufée un baffin au milieu
de la grotte, elle alloit par vingt
cafcades differentes , fe précipiter dans de vaftes prairies , qui
naiffoient au pied de la colline.
Leur beauté égaloit les charmes
de Tempé , & de ces fameufes
vallées de Theffalie , fi vantées
par les Poëtes, cent fources differentes forties du pied des montagnes , y formoient autant de ca-
naux divers , dont les eaux pures
portoient par tout la fraîcheur &
la fecondité , & partageoient le
vallon en une infinité de petites
Ifles de figure & de grandeur di-

verses. Les ruisseaux étoient bor-
dez de longues allées de Saules
& de Peupliers. La tendre Phi-
lomele y faisoit admirer les doux
accens de sa voix. De nombreux
troupeaux bondissoient de tous
côtez sur l'herbe ; & les collines
retentissoient sans cesse du chant
mélodieux des bergers assis à
l'ombre , qui sur leurs fluttes
champêtres , chantoient tour à
tour leurs Dieux , leurs troupeaux, l'émail de leurs prairies,
leurs chastes amours , & les char-
mesinnocens de leurs bergeres. La
fausse delicatesse des Medes & des
Assyriens , n'avoient point cor-
rompu le goût de Cyrus. La simple nature avoit encore pour lui
des attraits , & il sçavoit préfe-

rer les plaisirs qu'elle présente
aux rafinemens bizarres d'un luxe
recherché. Le spectacle qu'il avoit
devant les yeux l'enchanta, il
voulut passer le reste de la jour-
née dans cette grotte ; ses Officiers y firent porter les mets qu'ils
avoient préparez. Il sembloit que
le Dieu Morphée lui-même, les
eût arrosez du suc bien-faisant
de ses plus humides pavots. A
peine le Prince eut-il fini son
repas, qu'un doux sommeil s'em-
para de ses membres appesantis.
Il ne se reveilla que bien tard,
au mugissement des troupeaux,
qui quittoient les gras pâturages,
pour retourner à leurs étables.
Cyrus ne pût encore à son reveil,
se resoudre à quitter ce délicieux

séjour : il se promena quelque-
temps avec Araspe sous les Tilleuls qui bordoient les dehors de
la Grotte. Sçais-tu, dit-il d'abord
à son Favori, de quoi j'ai été occupé pendant mon sommeil.

A tout autre qu'à un grand Monarque, je répondrois, dit Araspe, qu'il étoit occupé à dormir.
Mais des esprits tels que le vôtre,
ne sont jamais en repos ; chez eux
le sommeil même est mis à profit,
& voit souvent naître des projets.....

Laisse-là tes complimens, dit
Cyrus, & apprends quels ont été
mes rêves : ils sont le fruit de nos
deux Entretiens. Je me suis imaginé lire l'Histoire de mes Voyages, & que j'y trouvois un ample

recuëil d'excellentes Loix. J'ai d'abord fongé à les établir dans toute l'étenduë de mon Empire. J'ai pris bien des mefures pour lever des obftacles, qui s'oppoferoient à l'execution de mon deffein.

Ah! Seigneur, s'écria Arafpe, puifque vous allez devenir Legiflateur, fur le modéle qu'a tracé Aramys, commencez de grace par mettre en vigueur une Loi, que cet Hiftorien attribuë aux Perfes : c'eft celle qui donne droit de pourfuivre en Juftice un homme coupable d'ingratitude ; (*) vous me feriez un grand plaifir : les bontez que vous avez pour moi, m'ont mis en état d'obliger une infinité

(*) Page 5. Tom. premier.

de gens, qui ne fongent gueres à
me marquer de la reconnoiſſance
des ſervices que je leur ai rendus.

Aramys ne met apparament cette
Loi ſur nôtre compte, dit Cyrus,
que pour ſe mocquer de nous.
Jamais elle ne fut connuë en Perſe.
le Perſe va plus au ſolide, & laiſſa
de pareilles viſions aux Egyp-
tiens, qui à force de courir après
le grand & le beau, donnent ſouvent dans la chimere. On voit
parmi le recuëil de leurs Loix,
celle que tu viens de citer, & elle
ne fait aſſûrément gueres d'honneur au bon ſens de ceux qui l'ont
portée. Car pour attacher des
peines à l'ingratitude, il faut d'a-
bord déterminer bien préciſe-
ment, ce que c'eſt que d'être in-

grat, quels sont les cas où l'on sera cenſé meriter ce titre, juſqu'à quel point la reconnoiſſance doit aller. Il faut mettre le prix à chaque bien fait, même à ceux qui ſont, pour ainſi dire, impayables de leur nature, & dont un honnête homme n'eſt récompenſé que par le plaiſir qu'il a eu d'en être l'auteur.

Mais ſuppoſons le Legiſlateur ſorti de ce labyrinthe, & qu'il ait taxé juſqu'aux dégrez d'affection qui entrent dans un ſervice, & qui en relevent ſi fort la valeur, rend-il les hommes plus reconnoiſſans ? Non : il ne fait qu'alterer la nature de nos devoirs. A un commerce qui n'eſt fondé que ſur la generoſité d'un côté, & le bon cœur de l'autre, il ſubſtituë

des

dès obligations de justice ; & la reconnoissance, qui n'étoit qu'un échange libre de bons offices, devient un trafic, un commerce mercenaire qui abatardit les ames nobles, & les accoûtume à n'envisager jamais qu'un vil interêt dans le bien qu'elles font. Il est donc aisé de voir que cette loi est également chimerique & pernicieuse. Psammutis, en l'établissant, s'est laissé éblouïr par le faux brillant qu'elle presente d'abord à l'esprit : aussi depuis plusieurs siécles qu'elle subsiste en Egypte, n'at-on jamais pû une seule fois la mettre en execution. Combien cependant, durant cet intervale, l'ingratitude n'y a-t-elle pas fait méconnoître de services & de faveurs.

H

Mais pour te dédommager de cette loy, j'aurai foin d'en établir une autre, que l'hiftorien de mes Voyages, n'aura fans doute pas manqué d'inferer dans fon docte recuëil.

Je fuivrai l'exemple des Rois d'Egypte, (*) j'ordonneray que tous les matins, après que j'auray fait ma priere au Temple, un Pontif vienne en préfence de toute ma Cour me reprocher, dans une ample harangue, des fautes que fon imagination, ou le peu de connoiflance qu'il a des affaires, ne manqueront jamais de lui groflir, qu'il peindra avec les traits les plus vifs que fon éloquence lui pourra fournir ; mais

(*) Page 195. Tom. premier.

qu'il aura foin d'adoucir, en faifant poliment femblant de croire
que je ne les ai commifes que par
imbecillité , & pour avoir fuivi
fans difcernement les mauvais con-
feils que tu m'as donnez : alors
fon animofité éclatera contre toi ;
& il couronnera fa harangue par
un tas de malédictions dont il
chargera l'inique Miniftre qui me
gouverne. Au refte ne crains rien ;
ces véhémentes invectives nous
feront tous les biens du monde,
& ne ferviront qu'à nous rendre
plus chers au peuple, qui fe fera une loi, de pleurer tendrement
après leur mort , des hommes
qu'on lui repréfentoit , pendant
leur vie, comme indignes de fon
eftime & de fon affection.

H ij

Je vous remercie fort de vôtre dédommagement, réprit Arafpe : je fuis, graces aux Dieux,
fort en état de m'en paffer. Pour
perfuader à vôtre Cour & à vos
peuples, que je fuis le feul auteur des fautes qui vous échapent,
je n'ai pas befoin qu'un Pontif,
vienne en grande cérémonie m'en
declarer juridiquement coupable,
le public n'eft déjà que trop dif-
pofé, fans que les loix s'en mêlent, à difculper les fouverains
aux dépens des Miniftres. Encore
fi les chofes étoient égales : mais
demeurons-en là, j'en dirois peut-
être trop. Non, croyez-moi, Seigneur, puifque vous voulez adopter quelqu'une des loix d'Egypte,
prenez celle qui fait faire le procès

aux morts (*) elle eft fort diver-
tiffante. On apprend par-là à connoître affez bien les vivans eux-
mêmes : on decouvre mille petites anecdotes fort curieufes &
amufantes ; & après s'être égaïé
dans le cours de la procedure,
on prononce fans inquiétude un
Jugement, dont on voit que le
coupable ne craint güeres les fui-
tes. Si vous établiffez cet ufage,
ajoûta-t-il, je retiens pour moi,
à l'exclufion de tous vos autres
Miniftres, l'exercice de cette Ju-
rifdiction. Elle me délaffera de
tout ce que les autres fonctions
auront de pénible. Et puis Dieu
fçait, combien je ferai redouté,
& ménagé par une infinité de fa-

(*) Page 200, Tom. premier.

H iij

milles, dont j'aurai le fecret entre les mains.

Il n'y a qu'une difficulté qui
m'arrête, dit le Prince. Comment ferons-nous après une bataille? L'ennemi échapera, & nous
perdrons tous les fruits de la Victoire, tandis que nous ferons oc-
cupez à nos perquifitions.

Ne vous embaraffez point de
cela, réprit Arafpe ; nous expe-
dierons alors les affaires, comme
vos Juges les expedient, quand
le terme approche, où vous leur
permettez de prendre quelques
mois de délaffement. Nous ferons
le procès à tous les morts à la fois,
& nous les jugerons en gros. Les
foldats tuez à vôtre fervice feront toûjours les plus honnêtes

gens du monde ; & vos ennemis
ne feront que des malheureux,
dignes encore d'un plus mauvais
fort que celui qu'ils viennent de
fubir.

De l'humeur dont je te vois aujourd'hui, dit Cyrus, je m'ima-
gine que tu me confeillerois auffi
d'ordonner que dans tous les païs
de ma domination les femmes y
foient comme à Sparte poffedeés
en commun. (*)

Pourquoy-non, repliqua Arafpe ? Vous ne fçauriez croire combien cela nous abregeroit d'inquiétudes, de foins & de troubles, fi l'on avoit une fois trouvé le fecret d'introduire cette
heureufe complaifance, & qu'on

(*) Page 248. Tom. premier.

fût sur le pied de regarder les fem-
mes comme plus appartenantes à l'E-
tat qu'à leurs maris. (a)

Il faudroit auſſi, ajoûta Cyrus,
ne faire de l'Aſie qu'une ſeule famille, (b) où il n'y eût à proprement parler ni pere, ni mere,
ni enfans ; ni amitié, ni ſoins,
ni tendreſſe, ni dépendence entre
les particuliers, où l'Etat tint lieu
de tout : Afin donc de réduire en
pratique ce Syſtême commode,
commence d'abord, pour le bon
exemple, à partager généreuſe-
ment ta femme avec . . . . . .

Non pas, s'il vous plaît, Seigneur, réprit bruſquement Araſpe : ſur cet article-là, je ne me

(a) *Ibid.*
(b) Page 250. Tom. premier.

picque point de générosité. J'ay
le goût tout-à-fait mesquin &
bourgeois ; je veux une femme
qui ne soit que pour moy : je sens
même que j'ai le cœur assez bas
pour aimer des enfans, & ne pou-
voir me passer des soucis & des
inquiétudes d'un ménage : j'en
ay quelque fois honte ; mais je
tâche de me consoler par le grand
nombre de ceux qui me ressem-
blent ; & puis je suis trop vieux
pour m'en corriger.

Tu as raison, dit Cyrus ; le
cœur humain est fait pour s'attacher à des objets moins abstraits
& plus bornez, que ne le font un
Etat, une République, &c. Et
ces liaisons vagues & generales,
qui vont à éteindre toutes les liai-

fons particulieres, font des chi‑
meres, dont l'humanité n'eſt pas
capable. Le penchant dominant
de l'homme, & celui dont il ſe
dépoüille le moins, c'eſt l'eſprit
de propriecé : & le goût pour les
unions particulieres eſt trop uni‑
verſel & trop enraciné dans nous,
pour n'être pas une loi de la na‑
ture.

Je conçois qu'un petit nombre
d'hommes peuvent ſe faire un ſyſ‑
têmê à part, & le ſuivre pour un
temps. Mais la multitude les aban‑
donnera toûjours, pour s'attacher
au ſyſtême de la nature. Les eſ‑
prits les plus ſinguliers ſont eux‑
mèmes forcez à la longue d'en re‑
venir là. La nature malgré qu'on
en ait, reprend inſenſiblement ſes

droits ; & on verra Lacedemone
tôt ou tard quitter les usages bizarres, pour rentrer dans la voïe
commune.

En effet, les loix humaines
voudroient en vain multiplier les
objets de nôtre amour : leur empire ne s'étend point jusques sur
les cœurs : & comme elles ne sçauroient en même temps augmenter
à proportion ce fond de tendresse, dont nous sommes capables ;
on verroit au milieu de la communauté la plus universelle, sur
l'article des femmes, renaître
tous les jours, en dépit des loix,
ces liaisons particulieres, ces douces unions, qui ont de si puissans
attraits pour le cœur humain. Or
que de jalousies ! que de troubles,

de divisions & de violences, ces fortes d'exceptions ne cause-roient-elles point ? La reserve des femmes seroit alors aussi per-nicieuse à la société, que leur in-continence peut l'être aujour-d'huy ; & les inconveniens que tu prétendrois éviter, ne sont point comparables aux funestes suites de ton systême monstrueux. Je ne parle point icy du soin des enfans, de la subordination, &c. ni de mille autres liens de la so-cieté, qui se trouveroient anéan-tis par-là......

Seigneur, dit Araspe, souffrez que je vous interrompe : jamais je ne vous ai vû si profond, ni si éloquent ; mais je crains que la vehémence, avec laquelle vous parlez, ne vous fatigue. D'ailleurs, c'eſt aſſûrément bien en vain que vous l'emploïez. Me croïez-vous aſſez dénué de bon ſens, pour ne pas apperçevoir l'extravagance des Loix Lacedemonienes ?

Non, réprit Cyrus ; mais le hazard nous ayant fait tomber ſur cette matiere, j'ai été bien aiſe de te dire tout ce que j'en penſe, & de confirmer, par plus d'un exemple, ce que j'avançois hier ; que les connoiſſances acquiſes dans mes voyages m'étoient inutiles, pour gouverner mes peuples & les rendre heureux.

Oh ! vous en excepterez s'il vous plaît, dit Araſpe, les lumiéres qu'on vous donna à Tyr ſur le commerce.

Et quel usage pouvois - je en faire pour la Perse, réprit Cyrus? Tu sçais bien d'ailleurs, que le négoce n'est point de mon goût, & que je n'eus jamais l'ame marchande.

Moi, repliqua Araspe, point du tout. A voir l'empressement que vous aviez à interroger Ecnibal, (*) & l'air dont vous l'écoûtiez, je me serois imaginé que vous aviez un penchant à vous enrichir par cette voye, auquel vous reviendriez tôt ou tard, quand vous seriez las des guerres, qui vous ont occupé depuis.

Pouvois - je, dit Cyrus, me comporter autrement ? Tu sçais bien que pour tirer parti des gens

(*) Pages 89, & 90. &c. Tom. 2.

dans une converſation , il faut
les faire parler de ce qu'ils ſca-
vent , ou de ce qui les touche , &
quelque-fois de l'un & de l'autre
enſemble. J'étois chez un Roy,
mais chez un Roy qui n'étoit
gueres qu'un Marchand renfor-
cé : que pouvois-je faire de mieux
pour répondre au gracieux accuëil que j'avois eu chez lui, que
de le mettre ſur ſon commerce,
& de paroître prendre plaiſir aux
leçons qu'il me donnoit ſur cette
matiere. Je pouvois au reſte me
diſpenſer d'autant moins de cette
complaiſance, que le bon Prince
me ſembloit avoir une envie dé-
meſurée de paſſer pour ſçavant en
ce genre.

En effet , dit Araſpe , je n'ai

jamais vû de perſonnage ſi vain, ni qui ſçût mentir ſi impudem- ment à ſon avantage.   Il étoit monté ſur le trône de Tyr, à peu près dans le temps que nous étions en Arabie, chez Amenophis. Car le bon ſolitaire ne ſçavoit point alors (*a*) ce qu'étoit devenu ſon ami, & ne l'apprit qu'après nôtre départ, par un (*b*) exprès, que ce Prince reconnoiſſant eut ſoin de lui envoyer auſſi-tôt qu'il fut monté ſur le Trône. Or à peine avions-nous employé un an à nos voyages d'Egypte & de Grece. Il n'y avoit donc gueres qu'un pareil eſpace de temps, qu'Ec- nibal étoit Roy de Tyr, quand

(*a*) Page 173. Tome premier,
(*b*) Page 81, Tom. 2.

                              nous

nous arrivâmes de Gréce en Phénicie : encore cette année en
avoit-il dû mettre la moitié au
voyage qu'il fît en Arabie (*)
pour chercher Amenophis; & enfuite à Babylone, pour faire hommage de fa Couronne à Nabuchodonofor. Cependant à l'entendre parler, (*) on l'eût pris
pour un Prince confommé dans
les affaires,& qui regnoit au moins
depuis vingt ans. Ce concours
immenfe de vaiffeaux étrangers,
les flottes, les magazins, les ma-
nufactures, (*) toute la fplen-
deur de Tyr, fes richeffes & fa
puiffance, étoient l'effet de fa re-

(*) Page 82. Tom. 2.
(*) Pages 90, 92. 93. Tom. 2.
(*) Pages 94. 95. &c. Ibid.

I

putation, de ses soins ; l'ouvrage en un mot d'un Prince, dont on avoit à peine eu au dehors le loisir d'apprendre le nom & l'avenément à la Couronne, & qui au dedans n'avoit gueres pû donner que de foibles esperances d'un heureux gouvernement. Quand on cherche à se faire honneur d'un mérite qu'on n'a pas, il faut au moins garder quelque vraisemblance dans les qualitez qu'on s'attribuë.

Pour de bonnes qualitez, dit Cyrus, il n'en manquoit pas. Il étoit homme d'esprit, & fort au fait des interêts de son Royaume ; rien n'est mieux pensé que ce qu'il nous dit sur les moyens de rétablir, & de faire fleurir le commerce.

Quoi ! Seigneur, s'écria Arafpe, vous n'avez donc jamais fçû que tout ce beau difcours n'étoit qu'un rôle appris par cœur, qu'-Ecnibal avoit foin de reciter à tous les étrangers qui venoient chez lui.

Je reconnois à ce trait, dit Cyrus, cette malignité qu'on t'a fi fouvent réprochée.

Seigneur, réprit Arafpe, avant la fin du jour vous me rendrez plus de juftice. Pendant que nous étions à Tyr, il me tomba entre les mains un Livre intitulé, Les Avantures de Telemaque, où je trouvay (*) prefque mot à mot, cette belle converfation, qui fit à Ecnibal tant d'honneur dans

(*) Avant. de Telemaq. Tom. 1. l. /. & 8.

I ij

vôtre efprit ; & il me tarde que nous foyons à Babylone , pour vous montrer que je ne fuis rien moins qu'un cenfeur inique.

Après y avoir un peu mieux penfé, dit Cyrus, je commence à te croire. Je me fouviens en effet d'avoir lû quelque chofe d'approchant dans le Telemaque. Au fond il n'étoit gueres naturel qu'un Prince élevé dans l'ignorance de ce qu'il étoit né, & qui n'avoit fait d'autre métier que celui de vagabond ou de foldat, fut revenu en moins d'un an fi éclairé, fi éloquent fur toutes les loix du commerce, fur les interêts de differens états , & affez habile pour me faire des leçons de politique, à moi qu'on formóis avec tant de foin depuis trente ans au grand art de regner ; pour me donner fur la maniere de gouverner la Perfe en particulier, des *idées nouvelles & des maximes que je n'avois point apprifes dans les autres pays.* (a)

Avec le fecours d'un bon Livre tel que Telemaque, on fait en peu de temps bien du chemin, dit Arafpe.

Après tout, réprit Cyrus, j'ai beau avoir été dupe, je n'ai point honte de ma complaifance, je la devois finon à la perfonne qui me parloit, au moins aux chofes qu'on me difoit.

Oh ! pour la complaifance, je ne vous en ai jamais tant vû que

(a) Page 100, Tome premier.

dans ce voyage, dit Arafpe ; témoin ce qui nous arriva avec Amenophis.

Que nous arriva-t-il avec lui, dit le Prince?

Quoi ! Seigneur, dit Arafpe, vous l'auriez oublié ? Je m'en fouviens bien moi ; & je vais vous le rappeller.

En debarquant à Tyr, nous trouvâmes fur le môle, (*) le bon-homme Amenophis, qui ennuïé apparemment de la folitude, étoit venu là fe delaffer un peu l'efprit. A voir la figure qu'il faifoit, & l'occupation qu'il avoit, je ne me ferois gueres avifé de le prendre pour un grand philofophe, & pour le perfonnage de

(*) Page 73. Tom. 2.

Tyr le plus puissant & le plus res-
pecté. Il étoit confondu sans distinction avec la foule, & occupé
des mêmes soins, qui attirent sur
les quays de Babylone une nombreuse populace, qu'on y voit
quelque-fois appliquée fort se-
rieusement à contempler les sil-
lons, que trace sur l'Euphrate un
bâteau chargé de foin. Nous nous
reconnûmes d'abord les uns les
autres, & après bien des embras-
semens, au lieu de nous accom-
pagner à nôtre logis, ou de nous
en offrir un, Amenophis nous
mène brusquement à une lieüe
de là en pleine campagne, (*)
écoûter, assis sur une pierre,
l'histoire de sa transmigration

(*) Page 75. Tom. 2.

d'Arabie en Phénicie, qu'il auroit pû tout auſſi bien nous conter chez lui. Nous étions fatiguez
d'un long voyage ſur mer, il fai-
ſoit froid, nous avions beſoin de
nourriture & de repos : jugez par
là de la colère où j'étois contre
lui. Je ne ſçai cependant lequel
des deux me fâcha le plus, ou
ſon indiſcretion, ou la complaiſance dont vous eûtes ſoin de la
payer, & la tranquilité avec laquelle vous écoûtiez dans cet état
ſon ennuyeuſe hiſtoire. Vingt fois
je fus tenté de l'interrompre au
milieu de ſon recit, & de lui faire
quelque algarade. J'eus beſoin de
tout le reſpect, dont j'étois capable à vôtre égard, pour ne point
m'échaper. Je me tûs juſqu'au

bout ; mais avoüez-le, Seigneur,
qu'il falloit être encore plus com-
plaifant que vous ne le fûtes avec
le Roy de Tyr , pour foûtenir
un pareil procedé.

Je m'en fouviens à prefent, dit
Cyrus : il eſt vrai que le bon-
homme s'oublia beaucoup en cette occaſion : ce trait d'impolitef-
ſe ne fentoit point fon homme de
Cour ; mais le folitaire avoit chez
lui effacé le courtiſan.

Et quel befoin d'être courtiſan,
ou de fçavoir fon monde, dit A-
rafpe, pour éviter une pareille
incongruité ? Le fens commun ne
dicte-t-il pas, que la prémiere
chofe qu'il faut faire à des étrangers, qui arrivent d'un long voïa-
ge, c'eſt de les loger ?

Je crois, dit Cyrus, voir le motif de son procedé. Ameno-phis avoit un défaut ordinaire aux gens de son âge : il étoit un peu babillard. Il craignoit sans doute qu'en nous ménant droit au Palais du Roy, où il vouloit nous loger, il ne fût trop interrompu dans son histoire, & ne manquât de loisir pour nous la conter à son goût. C'est-là apparemment ce qui le porta à nous faire faire cet écart, qui exerça si fort vôtre pa-tience.

Après tout, je lui pardonne tout cela, dit Araspe, en faveur du bon accueil qu'il nous fit en Arabie.

Les Philosophes sçavent quelque-fois bien recevoir leur mon-de, dit Cyrus.

Il eſt vrai, repliqua Araſpe, que vous êtes en état d'en parler ſçavamment ; vôtre voyage chez les Mages doit vous en avoir apris des nouvelles.

Je n'aurai cependant pas la curioſité de vous demander ce que vous penſez de leurs Loix. De la maniere dont je vous vois diſpoſé, vous m'avez tout l'air de ne les avoir pas trouvez plus grands docteurs en ce genre que vos autres maîtres.

Tu as deviné juſte, répliqua Cyrus ; & à moins de vouloir peupler l'Aſie de Muſiciens contemplatifs, (*a*) je ne ſçaurois rien prendre dans les Loix des Mages qui ſoit propre à regler les mœurs de mes ſujets.

(*a*) Page 62, Tom. premier.

Donnez-vous en bien de garde, Seigneur, réprit Araspe : vôtre Empire n'eſt déja que trop plein de faineans & de chanſonneurs ; n'allez point , s'il vous plaît , vous aviſer d'en augmenter le nombre ? Mais apprenez-moi , Seigneur , ce que je dois penſer d'un fait , que vôtre hiſtorien met ſur le compte des Mages. Eſt-il vrai que ces philoſophes commencent l'éducation (*) de leurs enfans avant leur naiſſance ? Pour moi je ne me ſouviens point d'avoir entendu parler de pareille coûtume, & s'il en avoit été fait mention devant moi, je ne ſuis point homme à oublier un article ſi plaiſant.

(*) Page 69, Tom. premier.

Je ne t'entends point, répondit Cyrus.

Je vous demande , Seigneur,
réprit Araspe, s'il est vrai que
les Mages ont soin de procurer à
leurs femmes , tandis qu'elles sont
enceintes, une succession de plaisirs doux & tranquilles , qui puif-
fent égaïer jusqu'au fruit encore
renfermé dans le sein de sa mere, & le disposer de bonne heure
à aimer la joye.

Voilà une petite mode, dit Cyrus , qui me paroît assez jolie.
Aramys étoit sans doute galant;
il a voulu faire sa cour aux Dames , en leur procurant de la part
de leurs maris , des égards & des
attentions , dont ils ne pourroient
plus se dispenser , après l'exem-

ple que leur donne un peuple auſſi peu complaiſant que le ſont
d'ordinaire les philoſophes.

Oh ! pour galant, dit Araſpe,
vous lui faites certainement tort,
& jamais mortel ne le fut moins.
Si vous aviez lû ſon Livre, vous
auriez vû l'homme du monde le
plus cruel envers les Dames. Il
ſemble qu'il ſe ſoit propoſé d'en
débarraſſer l'Univers , car il en
coûte la vie à toutes les heroïnes
qui oſent ſe montrer dans ſon hiſtoire. Mandane, (*a*) Caſſanda-
ne, (*b*) Selime , (*c*) meurent
bruſquement, dans le temps qu'on
s'y attend le moins, & ſans qu'on

(*a*) Page 104. Tom. 2.
(*b*) Page 130. Tome premier.
(*c*) Page 93. Tom. premier.

fçache l'origine ou la caufe de ces morts fubites. Il reduit Phya (*) à fe poignarder elle-même, pour conferver à fon mari une couronne qu'il avoit ufurpée. La main cruelle d'un barbare époux trenche les jours de la tendre & fidelle Meliffe. (*b*) Rhetée, la feule Rhetée échape, par une efpece de miracle, à la colère de l'Auteur ; encore n'en revient-elle qu'après avoir été long-temps à l'agonie. (*c*) Pouvez-vous encore, Seigneur, foupçonner de galanterie vôtre hiftorien ?

Non, répondit Cyrus ; je change pour le coup d'idée. Je vois

(*) Page 339. Tome prem'er.
(*b*) Page 279, Tom. premier.
(*c*) Page 48. Tom. premier.

ce que c'eſt : il a voulu plaiſanter aux dépens de ces pauvres
philoſophes : ils étoient mes ſujets , comme ils ont été mes premiers maîtres. C'eſt plus qu'il
n'en falloit pour attirer la diſgra-
ce de l'Auteur des Voyages ; &
c'eſt le ſeul motif qui le porte à
mettre ſur leurs comptes , toutes
les puerilitez qu'il en dit.

Vous en ſeriez encore bien plus
convaincu, Seigneur , réprit A-
raſpe, ſi vous ſçaviez le plaiſant
rôle qu'il fait joüer à Zoroaſtre,
ce Philoſophe ſi reſpectable, ce
Chef des Mages, dont toutes les
paroles devroient être des Maximes , & toutes les actions des
traits de vertu. Zoroaſtre, dis-
je, n'a preſque d'autre ſoin dans
cette

cette Hiſtoire, que celui de ſe
proſterner amoureuſement, (*)
aux pieds d'une ſtatuë, qui re-
preſente ſa chere Selime, de l'ar-
roſer ſans ceſſe de ſes larmes, &
de vous conter triſtement l'hiſtoire de ſes tendres amours avec
cette Princeſſe.

Il faut avoüer, dit Cyrus, que
cet Auteur a de l'eſprit ; & que
jamais homme ne poſſeda ſi bien
l'art de traveſtir ridiculement un
perſonnage.

Comme le Prince achevoit ces
mots, les Officiers vinrent l'avertir, que l'heure marquée pour le
retour étoit déja paſſée. Le Ciel
n'avoit plus de nüages ; & la lune
par ſon éclat, dédommageoit en

(*) Pages 72. 73. Tom. premier.

K

quelque ſorte la terre de l'abſen-
ce du Soleil ; à la faveur du
Jour qu'elle ſembloit rendre aux
mortels , Cyrus rentra bien-tôt
dans Babylonne, où les affaires
de l'Etat l'empêcherent pendant
quelque tems de penſer à l'Hiſtoire de ſes Voyages.

QUATRIÉME SOIRÉE.

CYRUS avoit un jour réſolu de ſe promener dans les plaines voiſines de Babylonne : il avoit ordonné à ſa Suite d'aller l'attendre à une porte du Jardin du Palais qui donnoit ſur la campagne ; & ſeul avec Araſpe , il étoit en chemin pour s'y rendre, lorſqu'un nüage affreux, pouſſé par un vent du midy, vint couvrir le ciel d'épaiſſes ténébres. Le Soleil ſemble diſparoître de deſſus la terre , & les mortels ne ſe reconnoiſſent plus, qu'à l'effraïante lueur de mille éclairs redoublez. Le ciel enflammé menace la terre d'un prochain incen

K ij

die. Un tonnerre horrible mugît dans les airs, & la foudre lancée fur differens endroits de Babylonne, fait regarder aux Citoyens épouvantez, ce jour comme le dernier de leur vie. Une grêle monftrueufe mêle fes ravages à tant de terreurs, & va porter la défolation dans les campagnes voifines.

Cyrus n'eût que le temps de fe mettre à l'abri dans un falon fcitué à l'extrémité du jardin. Ce lieu avoit été bâti depuis les conquêtes de ce Monarque : l'architecture en étoit exquife. Quatre gros pilaftres y foûtenoient un dôme, par où le jour entroit de tous côtez dans le falon. L'or, le marbre, & l'azur y brilloient par

tout ; la voûte peinte à la moſaï-
que, repreſentoit ſous divers ſym-
boles, les vertus de Cyrus. Les
buſtes des Rois de Perſe & de
Medie, rangez vis-à-vis les uns
des autres, ornoient le bas de la
ſalle : le milieu étoit rempli de
Tableaux, où les plus habiles
Peintres de l'Orient, avoient à
l'envy, travaillé à repreſenter
les principaux évenemens de la
vie de Cyrus.

Dans l'un ce Prince encore
enfant, élevé parmi une troupe de jeunes bergers, ſe fait reconnoître, par l'air noble & ma-
jeſtueux qui le diſtingue de ſes
compagnons. Il leur preſcrit des
Loix, & il apprend à ces eſprits
volages & indociles, à reſpecter

cette autorité, que l'élevation des fentimens, & les grands talens donnent aux héros, fur ceux-mêmes, avec qui la fortune prend quelque-fois plaifir de les confondre.

Dans un autre endroit, Cyrus dreffe aux exercices de Mars, le Perfe vaillant, mais peu inftruit dans les loix de la Guerre. On croit voir les bataillons & les efcadrons entiers, voler en un inftant d'un bout du champ à l'autre, avec la même rapidité, que l'oyfeau de Jupiter, ou qu'une fleche lancée par le bras nerveux d'un Parthe, fend les airs. Le Prince immobile donne fes ordres, & d'un gefte anime & regle leurs évolutions. Son courfier fou.

geux, irrité du repos qui le contraint, ronge son frein : une épaisse fumée sort de ses narrines, il répand sur tout ce qui l'environne, des flots d'écume, & frappant rudement la terre du pied, il cache presque son Maître dans un tourbillon de poussiere, qu'il éleve au-tour de lui.

Plus loin on voit Cyrus dans les plaines de Pasagarde, porter la terreur, & la désolation dans les bataillons des Medes : ses armes teintes de sang, son front altier, ses yeux étincelans, son visage enflammé, son glaive redoutable suspendu, & prêt à fraper un coup mortel, glacent d'effroi les cœurs les plus audacieux. Jamais le Dieu Mars lui-même, lors

que dans les campagnes de Thra-
ce il affouvit de fang & de carnage fon cœur farouche, ne parût fi fier & fi terrible. Le Mede
éperdu fuit par tout devant lui,
comme on voit dans les plaines
d'Affrique les bergers & les troupeaux, fuir à l'afpect d'un Lyon
rugiffant, qui du haut des montagnes, vient s'élancer fur fa
proye.

A côté de ce Tableau, le même Cyrus devenu bien-tôt un autre homme, vole à la rencontre
d'Aftyage, qu'on lui améne pri-
fonnier. La tendre pieté, la bonté
compatiffante, accompagnent le
Prince victorieux : d'une main il
met fur la tête de fon ayeul la
couronne, que le fort des armes

venoit d'enlever aux Medes ; tandis que de l'autre il brise les chaînes , dont le soldat impitoyable avoit osé charger un Monarque vaincu.

A l'autre extremité du sallon ; l'insensé Baltazar assis à table, avec ses courtisans, & ennyvré d'une folle securité , se livre à tous les excès de la débauche. La joye indiscrette , la molle sensualité, la licence effrenée, l'impieté brutale, éclattent sur le visage des conviez : une fatale main vient troubler leurs plaisirs, & écrire sur les murs de la salle, l'arrest de leur perte.

Dans le Tableau suivant, l'Euphrate docile aux volontez de Cyrus , quitte son cours ordinaire ;

pour se précipiter dans le nouveau lit que le Perse infatigable vient de lui creuser. Le vigilant Cyrus, à la tête de l'élite de ses troupes, profite de cet incident, & de la stupide indolence des Assyriens. Babylonne étonnée, au lieu de l'Euphrate qui a disparu, voit entrer dans ses murs des flots d'ennemis, qui asservissent à jamais cette superbe Ville à leur empire.

Vis-à-vis de là Cyrus assis sur un trône, dicte des Arrêts. Un peuple entier de captifs l'environne. Il parle, & à l'instant leurs liens paroissent se briser d'eux-mêmes. Les premiers momens de leur liberté sont consacrez à marquer à leur libérateur, une reconnoiſſance, dont le Peintre habile a ſçû exprimer les tranſports dans leur attitude, leur air, & les divers mouvemens qui ſemblent les agiter.

Ailleurs on voit Cyrus offrir un Sacrifice à l'Immortel; le Perſe, le Mede, & l'Aſſyrien vis-à-vis de lui, ſe jurent ſur le même Autel une amitié éternelle. La Paix, cette fille du ciel, dans un nüage d'argent, deſcend de l'Empirée ſur l'Autel, avec un lacet d'or & de ſoye, elle joint enſemble les mains des nouveaux alliez, & forme par des nœuds redoublez, les liens qui vont à jamais unir ces peuples ſous un même Empire. La Religion les mains pleines d'encens, Themis peſant dans sa balance les droits des hommes & des Dieux, l'abondance, la tête couronnée de fleurs & de fruits, & la tranquille sécurité les yeux fermez environnent l'Autel ; au-tour d'elles les ris volages, les jeux folâtres, les Graces naïves, les doux plaisirs avec une troupe nombreuse de Nymphes, & de jeunes bergers, dansent en rond au son des haut-bois.

Ces peintures venoient pour la plûpart d'être achevées depuis peu, & Cyrus ne les avoit point encore vûës dans leur perfection. Un soin cependant plus digne de lui, que le plaisir d'examiner des Tableaux, l'occupa d'abord.

A une des extrémitez du salon

étoit un balcon qui regnoit fur la campagne : Cyrus & fon favory s'y tranfporterent. Delà ils contemplerent tous deux avec des yeux de compaffion, les defordres que la tempête venoit de caufer. Mille torrens defcendus des montagnes voifines, avoient inondé la plaine, & entraînoient dans leurs chûtes les riches moiffons, les arbres, les troupeaux ; les bergers & les cabannes. Toute la campagne n'étoit qu'une vafte mer : on l'eût prife pour l'Occean ; lors qu'agité par les fougueux aquilons, il vient de faire reffentir à de frêles Vaiffeaux, les triftes effets de fa fureur ; au milieu des mats, des cordages, des bancs des rameurs, & d'un

tas de richeſſes apportées en vain
des extrémitez de l'Univers, on
voit flotter ſur l'onde le cadavre
livide de l'avare Marchand, &
du téméraire Nautonnier, triſtes
victimes d'une cupidité inſenſée.
Telle étoit en ce moment la campagne de Babylonne. Cyrus fit
ſentir par un morne ſilence, l'af-
fliction que ce deſaſtre lui cauſoit ;
& puis regardant triſtement ſon
favory, il s'écria ! Araſpe, que
de malheureux le ciel vient de
faire aujourd'huy ?

Il eſt vrai, Seigneur, répondit Araſpe ; mais ce qu'il y a de
conſolant pour eux & pour vous,
c'eſt que vous êtes en état de le
diſputer en quelque ſorte au ciel-
même , & de faire encore plus

d'heureux, qu'il n'a fait aujour-
d'huy de malheureux. Tu sçais
quelles font à cet égard mes in-
clinations, réprit Cyrus, aye soin
de t'y conformer. Que mes tré-
fors ouverts dés demain au laboureur indigent, le dédomma-
gent des pertes qu'il a faites e
ce jour. Le Ministre assûra so
maître de son exactitude à exe
cuter ses ordres ; & pour detour
ner son atten ion de tant d'objet
propres à inquiéter un cœur comme celui de Cyrus, il lui parla de
peintures qui ornoient le falon
& l'engagea insensiblement à s'er
approcher, & à venir les consi
derer.

Le Prince les regarda long-
temps avec attention. Enfin com-

me il ne parloit point , Araspe
pour le divertir un peu , lui dit :
Seigneur , voilà des peintures qui
n'ont aſſûrement pas été tirées
ſur le modéle qu'a tracé Aramys.

Non , répondit le Prince en
ſoûriant ; ſi l'on avoit ſuivi ſon
idée , je n'y ſerois pas tout-à-fait
ſi flatté.

Dites , Seigneur, réprit Araſpe , que vos grandes actions n'y
ſeroient pas ſi fidelement repré-
ſentées.

Comme tu voudras, dit Cyrus.
Au reſte , ſçache que je ſuis pré-
ſentement en état de raiſonner
avec toi ſçavamment ſur le compte de ce Livre : je le porte ac-
tuellement ſur moi : j'ay dérobé
à mes occupations le temps qu'il
falloit

falloit pour le lire ; & je fens parfaitement jufqu'à quel point A-
ramys a eu l'art de me rendre ridicule : Mais il faut avoüer auffi
qu'il partage bien avec moi le ridicule qu'il me donne ; fi ma conduite eft quelque-fois infenfée,
fon Livre en vérité n'eft fouvent
gueres raifonnable ; & je ne comprends pas comment quelqu'un de
nos Perfes ne s'eft point avifé
d'en faire fentir les défauts.

Seigneur, dit Arafpe, la raifon en eft naturelle : les Perfes
fongeoient alors à mettre en œuvre, pour vous venger, d'autres
traits que ceux de la critique ;
& puis vous le fçavez bien : vous
poffediez feul toute la fçience de
la Nation : les Perfes n'avoient

L

point encore les connoissances qui polissent les mœurs & l'esprit. Il faut même dire pour vôtre honneur, qu'en travaillant à vous remplir l'esprit de cette multitude de connoissances inutiles, vous cherchiez uniquement à suppléer à l'ignorance où étoient vos sujets, sur les choses mêmes les plus nécessaires. Et comme il eût été indecent à un Prince tel que vous, de répondre à un libele, pareil à celui de l'histoire de vos voyages, il falloit que la Perse entiere se tût sur le compte du Livre. Il est vrai que les beaux esprits d'Assyrie, où l'ouvrage avoit été écrit, travaillerent à nous dédommager. On sçait ce que peut sur ces Messieurs la ja-

jousie de métier ; & il falloit pour
réveiller leur envie, un succez bien
moindre que celui qu'eût d'abord
dans le public le Livre d'Aramys.
Aussi auriez-vous été vangé de
reste, si on les eût laissé faire.
mais l'histoire de vos voyages eût
le bonheur de plaire à la Cour.
Les Magistrats se firent une affaire
de le proteger : on imposa silence
aux censeurs ; & ce que jamais
Auteur n'avoit obtenu avant A-
ramys ; il fut défendu par autorité publique, de trouver à redire
à un Livre que tant de gens étoient
interessez à blâmer.

Vous me donnez grande idée,
dit Cyrus, de la politique d'Aramys ; & je trouve bien plus d'ha-
bileté dans l'adresse qu'il a eu de

L ij

ſe mettre d'abord à l'abri de la
critique, que dans la maniere
dont il a écrit l'hiſtoire de mes
voyages.

Aramys, réprit Araſpe, étoit,
à ce qu'on m'a dit, entreprenant,
ſouple, inſinuant, careſſant : Sa
converſation étoit enjoüte. Il eſt
vrai que pour n'en point ſouffrir ;
on étoit réduit à preſcrire des bornes à un enjoûment, qui dégé-
neroit quelque-fois en de fades
plaiſanteries.

Avec des talens ſi marquez,
dit Cyrus, je ne m'étonne point
qu'il ait ſçû faire épouſer à une
foule de grands, ſes interêts &
ceux de ſon Livre.

Les grands, réprit Araſpe, ne
furent pas les ſeuls à s'y intereſ-

fer. Vous fçavez combien les Affyriens fe piquent de politeffe à
l'égard des étrangers. Autrefois
elle ne regardoit que les perfon-
nes. Les Affyriens d'aujourd'huy
ont voulu fans doute renchérir
fur leurs peres, & pouffer les mé-
nagémens-mêmes jufqu'aux ouvrages fortis d'une plume étran-
gere. Cela s'appelle dans leur ftyle, faire galamment les chofes.

Comme ils en étoient-là, Cyrus fatigué s'affit auprés d'une
table d'agathe, fur laquelle on
avoit rangé plufieurs mignatures,
que les Colonies grecques de l'A-
fie Mineure, avoient depuis peu
envoyées en prefent à Cyrus.
Toutes ces piéces étoient d'un
goût exquis. Les fujets en étoient

tirez des Fables grecques : on y
voyoit Andromede enchaînée à
un rocher ; l'orguëilleufe Niobe,
l'indifcret Battus , l'infenfible
Anaxarete , métamorphofez en
pierres. Mais le Tableau qui at-
tira le plus l'attention de ce Prince, ce fut une Ariadne abandon-
née dans une ifle deferte. Elle
étoit debout fur le haut d'un rocher efcarpé, fes cheveux, dont
l'éclat égaloit celui des aftres, é-
pars & en defordre ; fes mains élevées vers le ciel, fon vifage bai-
gné de larmes , fes beaux yeux
triftement arrêtez fur un vaiffeau
déja preft à difparoître, & qui,
pour s'éloigner d'elle , fend ra-
pidement les flots ; fa bouche entr'ouverte, qui femble reprocher

au perfide Thefée fa noire trahi-
fon, fon ingratitude, fa cruauté
barbare , tout annonce le de-
fefpoir de cette Princeffe défo-
lée.

Cyrus, après avoir long-temps
confideré la delicateffe des mignatures, & vanté le bon goût &
l'adreffe des Grecs, dit. Arapfe,
avez-vous remarqué une fingula-
rité que je trouve dans ces figures ? Une pierre , un rocher, en
fait par tout , ou peu s'en faut,
l'objet principal. Je ne fçay quel
goût ces gens-là ont pour les pierres : il femblent qu'ils ayent été
formez à la même école qu'Aramys:
c'est ordinairement dans l'enfoncement ou fur la cime de quelque
rocher aride, qu'il place fes per-

fonnages, (*) lors qu'ils ont une narration intereffante à faire.

Apparemment, répondit Araf-pe en riant, que ces Peintres a-avoient l'ame naturellement du-re, & qu'ils aimoient à retracer par-tout des objets qui fuffent l'image de leur infenfibilité. Quant à Aramys , ajoûta-t-il, vous avez une raifon particuliere de lui par-donner fes rochers : il étoit de Caledonie , pays fec & montag-neux : auffi eût-il foin de le quit-ter de bonne heure, & de venir habiter des contrées plus riantes & plus gracieufes : Mais en quit-tant fa Patrie , le moyen qu'il n'en confervât pas, au moins fur bien des articles , le goût & le

(*) Page 34. T. 2. Page 393. T. premier.

genie. Les rochers font apparemment en Caledonie, le lieu le plus ordinaire des belles converfations, & il étoit naturel qu'un Auteur élevé dans fa jeuneffe à voir les honnêtes gens, & les beaux efprits choifir de pareils rendez-vous, prît le même theâtre pour les Narrations qu'il avoit à placer dans fon Livre.

Quoi ! s'écria Cyrus, Aramys étoit Caledonien ! Comment donc a-t-il pû parler avec tant de grace la langue des Affyriens ? Ce n'eft pas, ajoûta-t-il, que je n'aye trouvé dans fon Livre quelques fautes contre l'exactitude du langage. Il dit, en faifant la defcription du Port de Tyr, qu'une (a) Ifle s'étend en croiffant, pour

(a) Page 71. Tome 2.

embraſſer *un golphe :* C'eſt à peu
prés comme ſi je diſois que *la Nou-*
velle Lune étend ſes cornes, pour em-
braſſer ſon croiſſant. Une Iſle qui
s'avance en croiſſant, n'embraſſe
point un golphe, mais elle le forme. Les Aſſyriens diſent rompre
le ſilence : Mais on ne dit, je
crois en aucune langue, comme
fait Aramys : (ª) *Ils ſortirent du*
Temple pour ne pas interrompre le ſi-
lence. Je ne ſçay ce que c'eſt que
l'objet du Ciel, dont il parle quelque part, (b) *pour dérober à la vûë*
tous les objets du dehors, excepté ce-
lui du Ciel. Aramys vouloit apparemment dire : pour ne laiſſer voir
d'autres objets que le Ciel. Ara-

(ª) Page 7. Tom. 2.
(b) Page 2. Tom. 2.

mys dit, en parlant de moi : (a)
Cyrus avoüoit ordinairement ses fau-
tes . . . . il resolut de se corri-
ger . . . . . . immediatement après
ces termes , vient un *cependant,*
qui prépare le Lecteur à trouver
malgré mon bon propos, quelque
nouvelle sottise sur mon compte.
Point du tout, il est fort surpris
de voir que ce *cependant* aboutit
à me faire *donner une marque écla-*
tante de mon génie & de mon cou-
rage.

En verité, Seigneur , s'écria
Araspe , il n'y a plus moyen de
tenir : Vous étalez-là un talent
que je ne vous connoissois point
encore. Vous êtes Grammairien,
& qui pis est, puriste. Oh : desor-

(a) Page 22. Tom. premier

mais je ferai reduit à vous fuir; ou à ne plus *interrompre devant vous le filence* : Je craindray trop de voir tourner en ridicule quelque mauvaife phrafe qui m'échape-roit : j'ai crû jufques icy, que pour bien parler, il fuffifoit de fe faire entendre.

Ceffe de te mocquer de moi, dit Cyrus : on m'a tant fait ap-prendre de chofes inutiles, & dont je cours rifque de ne faire jamais d'ufage : qu'il faut me laiffer fai-fir au moins une fois l'occafion d'en raifonner ; après avoir fi fou-vent, impunément devant toi, parlé Theologie & Phyfique, n'aurois-tu pas mauvaife grace, de m'empêcher aujourd'huy d'é-taler pour la premiere, & peut être pour la derniere fois de ma vie, ce que j'ay appris en fait de Grammaire. Au reste tu sçais combien peu je suis difficile en fait de style de conversation. Je passe tout à un homme qui parle, à la réserve du précieux & du pedantisme. Mais je n'ay pas tout-à fait la même indulgence pour un homme qui écrit.

Quel dommage , reprit Araspe , qu'Aramys ne soit au monde , pour profiter de cette disposition. C'étoit, dit-on, une pitié de voir combien il parloit mal : son accent étoit pesant, son expression peu correcte. Il affectoit même, à ce qu'on prétend, une espece de jargon assez ridicule, apparemment pour faire sentir combien un étranger tel que luï, avoit d'obstacles à surmonter, & de quelle superiorité d'esprit il avoit besoin, pour écrire aussi poliment qu'il faisoit en Assyrien.

Quoi qu'il en soit de ce rafinement, dit Cyrus, je conviendray qu'Aramys est homme d'esprit, & qu'il écrit avec une aisance & une justesse qui n'est point ordinaire aux étrangers.

Cela ne doit point vous surprendre, Seigneur, repliqua Araspe ; il a eû un habile maître: il a été long-temps disciple du fameux Olennef, (*) ce grand Prêtre Assyrien.

Quoi ! s'écria Cyrus, l'élegant

(*) Olenef, est l'Anagrame de Fenelon, ainsi qu'Aramys celle de Ramsay.

Auteur des Avantures de Telemaque, ce Livre cheri des Dieux
& des hommes, & que j'ai presque déjà appris par cœur, à force
de le relire.

Lui-même, Seigneur, répondit
Araspe.

Oh ! je ne suis point surpris,
dit Cyrus, de le trouver si neuf,
sur tout ce qui a rapport à la guerre : il en sçait assez pour le disciple d'un Prêtre, & les bévûës
en ce genre sont pardonnables à
gens de cette espece. J'avois toûjours crû l'Auteur de mon histoire, homme de guerre ; & dans
cette persuasion, je ne concevois
point comment dans son Livre,
il avoit parlé si peu & si mal d'u-
ne foule d'évenemens militaires,

dont un détail bien ménagé, auroit répandu tant d'agrémens &
de variété dans son histoire.

Vraiment, dit Araspe, il n'a-
voit garde : ç'eût été quelque
chose de fort joli, que de voir
un Auteur dans un Ouvrage, où
il ne cherche qu'à vous décrier,
nous peindre pompeusement vos
combats & vos victoires sur les
Medes, & sur vos autres ennemis. Aramys étoit trop sensé pour
donner dans cet écuëil, & l'on
sent bien qu'il y a de l'affectation
dans le silence qu'il garde, &
dans l'ignorance qu'il montre sur
ce point. Il va par-là droit à son
but, en vous faisant toûjours
prendre de fausses mesures, &
agir de travers : il travailloit à
vous

vous perdre de réputation.

Tout cela eſt le mieux du monde, dit Cyrus : mais les Medes, les Aſſyriens eux-mêmes, en faveur de qui Aramys écrivoit, ſont à en juger par ſon Livre, auſſi habiles que moi au métier de la guerre ; & je ſerois fort tenté de croire que l'Auteur ne cherche pas trop de fineſſe dans les ſottiſes qu'il nous fait également faire aux uns & aux autres. Avec une armée de trente-mille hommes , je viens dans une vaſte plaine, (*) me préſenter devant Aſtyage , dont les troupes ſont deux fois plus nombreuſes que les miennes ; & j'attends , pour me fermer, que je ſois en préſence & à portée de

(*) Page 136. Tom. 2.

M

l'ennemi. Ce n'est point tout : au lieu d'occuper le plus de terrain que je pourrois dans cette plaine , j'y range mes troupes à douze de hauteur. Heureusement j'ai affaire à l'Ennemi du monde le plus gratieux & le plus obligeant. Honteux de s'être laissé prévenir sur cet article ; pour ne point demeurer en reste d'honnêteté avec moi , il me laisse tranquilement la liberté de me mettre en bataille sous ses yeux. Loin de profiter de la situation, du lieu , du nombre de ses troupes, de s'étendre, de m'envelopper, il renonce poliment à tous ses avantages ; & de peur de conserver un front plus étendu que moi, il range son armée à trente

de hauteur. C'eft-là, ajoûta Cyrus avec un fouris mocqueur, faire les chofes de béau jeu , & à
armes égales. Ce procedé, tout
extravagant qu'il eft , fe trouve
cependant dans l'ordre par rapport à moi, qui ne dois jamais
être qu'un fot dans l'hiftoire d'A-
ramys. Mais pour Aftyage & les
Medes. Aramys n'a jamais prétendu les traveftir en imbeciles.
Non, crois-moi, Arafpe, en vain
tu chercherois dans tout cela du
myftere; tu n'y en trouveras point
d'autre que l'ignorance où font
d'ordinaire les gens de Lettres,
fur tout ce qui a rapport à la guerre. Il eft vrai que le maître d'A-
ramys poffedoit l'art de develop-
per les évenemens militaires, &

de les conduire dans les regles ; mais il est juste qu'en cela comme en toute autre chose, le disciple demeure toûjours fort au dessous du maître. Aramys seroit trop heureux, si l'on n'avoit point à lui reprocher des incongruitez encore moins pardonnables que celles-là.

Cyrus alloit continuer, lors qu'il fut interrompu par l'arrivée d'un courier, qui venoit des frontieres de l'Empire du côté de la Scythie, lui apporter des nouvelles de quelques mouvemens arrivez en ce pays-là. Il fallut revenir promptement au Palais, pour faire expedier les ordres nécessaires, & remettre à une autre fois l'examen du Livre d'Aramys.

CINQUIÉME SOIRÉE.

LE lendemain Cyrus ne pût
sortir : il devoit, à l'entrée de
la nuit, tenir un second conseil,
sur l'irruption des Scythes, & les
moyens d'en arrêter le cours : il
n'eût que le loisir d'aller un moment sur le soir respirer dans ces
fameux jardins de Semiramis ,
qu'on comptoit avec raison parmi les merveilles de l'univers.

Ce jardin étoit composé de
vingt terrasses , qui s'elevoient
les unes au dessus des autres : une
allée immense en traversoit toute
la longueur : elle étoit coupée de
mille autres, dont l'irregularité
apparente, étoit le chef-d'œuvre

de l'art, & le fruit d'une symé-
trie, d'autant plus exquise, qu'-
elle étoit d'abord moins sensible;
Le terrain placé entre ces allées,
étoit rempli de bosquets de myr-
the, & de laurier ; de berceaux,
de cabinets & de grottes.

Dans l'espace, où les allées se
croisoient, on trouvoit des fontaines & des bassins , où le bon
goût, la magnificence, & l'adresse, se faisoient également sentir.
Depuis plus d'un siécle les Grecs
& leurs Fables commençoient à
être connus en Orient : leurs fi-
ctions ingenieuses fournissoient
aux yeux, des spectacles plus in-
terressans que la sterile Méta-
phisique des Chaldéens.

Nitocris, cette Reine illustre,

mere du dernier Roi de Babylone, fçavoit à fond la Mythologie grecque ; & voulant renche-
rir en quelque forte fur Semiramis, dans les monumens qu'elle
laifferoit à la pofterité, fit venir
de l'Ionie & de l'Attique, les plus
habiles ouvriers, qui embellirent
bien-tôt les jardins de Babylone
de tout ce que l'hiftoire des Dieux
de la Grece fournit de plus riant
& de plus gracieux.

Chaque fontaine étoit ornée,
ou d'une Divinité, ou de quelque
trait de leurs Fables : tantôt
Neptune dans une conque do-
rée, traîné par fes chevaux marins, vole legerement fur la fur-
face de l'onde : les Tritons en
foule nagent au-tour de fon char :

d'une main il tient les rênes ; &
de l'autre avec son superbe Tri-
dent il paroît impofer filence aux
fiers aquilons, & calmer les flots
irritez. Tantôt la Déeffe Meli-
certe tenant entre fes bras le jeu-
ne Palemon fon fils, s'éleve au
deffus des eaux, & femble par la
ferenité qui regne fur fon vifage,
annoncer au matelot épouvanté,
la fin de la tempête qui l'effraye.

Tantôt, c'eft la Déeffe des A-
mours efcortée de mille cupidons
aîlez, armez de leurs carquois &
de leurs fléches, & montez fur
des Cignes, qui fort pour la premiere fois du fein des ondes, plus
brillante que n'eft l'aurore, quand
elle ramene le jour.

Là, c'eft la chafte Arethufe ;

qui fuit les tranſports criminels
de l'amoureux Alphée : déja é-
puiſée de force, elle eſt prête à
tomber entre ſes mains ; déja il
tend les bras pour l'arrêter. Mais
Diane vole au ſecours de ſa nymphe, qui, pour l'invoquer, éleve
les mains & les yeux au ciel : un
nüage envelope tout d'un coup
Arethuſe ; une fontaine qui jail-
lit ſous ſes pieds, annonce ſa mé-
tamorphoſe, & met la nymphe en
état de fruſtrer à jamais les folles
eſperances du témeraire Alphée.
Ici le fier Narciſſe éperduëment
amoureux de lui-même, couché
ſur l'herbe, & la tête negligem-
ment appuyée ſur le coude, con-
temple avec tranſport dans le cri-
ſtal d'une claire fontaine, les

charmes funeſtes dont il eſt ido-
lâtre.

Ailleurs Arion, ce mortel cheri de Phœbus, fend les flots ſur
le dos d'un Dauphin ; tandis qu'-
une foule de monſtres marins , la
tête élevée au deſſus de l'onde,
ſuivent les ſons harmonieux de ſa
divine lyre.

Du milieu de ces figures ſor-
tent mille colomnes d'eau , qui
s'élevent juſqu'au ciel , & for-
ment en retombant , une eſpece
de pluye , qui diſſipe les plus vives chaleurs du Soleil au haut de
ſa courſe.

Au tour de ces fontaines , &
preſque à chaque pas qu'on fai-
ſoit dans les allées , on trouvoit
des groupes de marbre & des ſta-

tuës, reftes précieux échappez à
la fureur des guerres, qui avoient
ravagé Ninive & Babylone.

Parmi ces figures diverfes, on
reconnoiffoit Belus, le Dieu &
le pere des Monarques Affyriens;
Ninus, le fondateur de leur vafte
Monarchie ; la belliqueufe Semiramis, comme une autre Pallas,
le cafque en tête, & appuyée fur
fa lance ; Ninias, armé du poi-
gnard qu'il avoit plongé dans le
fein d'une mere inceftueufe ; l'in-
fame Sardanapale, le fufeau & la
quenoüille en main ; le farouche
Nabuchodonofor, foulant aux
pieds les vafes facrez du Dieu
d'Ifraël ; l'illuftre & la vertueufe
Nitocris, tenant en main un com-
pas, fymbole du bon ordre qu'el-

le établît dans l'empire d'Assyrie.

A peine le Prince & son favori furent-ils seuls, qu'Araspe dit au Roi : Seigneur, j'ai une grande nouvelle à vous apprendre ; je l'ai reservée exprès pour ce lieu-cy : vous verrez bien à quel dessein ; Aramys est revenu au monde.

Comment ! s'écria Cyrus en riant, Jupiter auroit-il *attelé son char aîlé*, pour ramener Aramys des champs Elisées.

Je n'entends point ce que vous voulez dire, repliqua Araspe.

C'est une expression qui m'a frapé dans l'histoire de mes voyages, & qui me revient à l'esprit, dit Cyrus ; Aramys a crû que pour faire marcher en l'air, le char de

Jupiter, ce n'étoit point affez de lui donner des aîles, & qu'il falloit encore y joindre un bon attelage.

Oh ! franchement, cela s'appelle chicanner, dit Arafpe : ce char ne pourroit-il pas être comme un batteau à voiles & à rames ?

C'eft en verité dommage, réprit Cyrus en riant, que ces machiniftes qui prefenterent dernierement un projet à mon Confeil, pour voiturer le monde en l'air, n'ayent pas fçû un peu mieux ton goût. Il ne fe feroient point bornez à mettre en œuvre, pour remuer leurs machines, le vent tout feul , & ils auroient fait entrer dans leur deffein , n'eût-ce été

que pour la forme, des rames où
un attelage; avec cela ils auroient
fans doute eu le plaifir de voir paffer un projet, que tu fis rejetter
comme chimerique ?

Seigneur, dit Arafpe, ne parlons plus, s'il vous plaît, d'Aramys ni de fon Livre, je crains que
le plaifir que vous trouvez à cet
efpece d'entretien, ne me coûte
un peu cher. Son hiftoire vous
met infenfiblement en train de
rapeller toutes celles de ma vie
paffée , & l'envie pourroit vous
prendre d'en citer telle, dont le
fouvenir m'embaraffoit fort.

Ne crains rien, réprit Cyrus,
j'aurai pour toi un peu plus d'indulgence, que tu n'en as eu jufques ici pour moi. Mais apprens,

moi par quel hazard, de cenſeur
rigide d'Aramys, tu es devenu
ſon Apologiſte ? Cette merveille
ne me ſurprend gueres moins, que
la prétenduë reſurrection que tu
viens de m'annoncer.

Il n'eſt point queſtion de reſurrection, interrompit Araſpe. Aramys a toûjours été plein de vie &
de ſanté ; il a craint vos juſtes reſ-
ſentimens : & pour en éviter les
redoutables effets, il s'eſt caché,
& a fait courir le bruit qu'il étoit
mort. Je me ſuis aviſé de parler
depuis quelques jours de vos diſpoſitions par rapport à lui. J'ay
voulu faire connoître à tout vôtre Empire, juſqu'à quel point
vous portiez la clemence & l'ou-
bli des injures. Il en a été infor-

mé ; & ce qu'il en a appris, lui à
donné la hardiesse de venir ce
matin se jetter à mes pieds, & me
prier de solliciter auprès de vous
sa grace : il m'a paru si bon homme, si franc, si affligé de s'être
attiré vôtre disgrace, que j'en ai
été touché. Je lui ai promis de
me charger de son affaire, & de
prendre ses interêts à cœur.

C'est donc là, dit Cyrus en
riant, qu'aboutit cette violente
colère où je te voyois il y a quelque temps contre Aramys.

Seigneur, réprit Arafpe sur le
même ton, vous vous trompez
bien fort, si vous croyez qu'il n'y
ait que les grands Rois qui sça-
chent pardonner généreusement
à un ennemi ; pour oublier une
injure,

Injure, il ne faut que de l'humanité & les hommes du commun ne
font pas toûjours les moins pour-
vûs des fentimens qu'elle infpire.
Au refte, Aramys prétend mettre
tout en œuvre pour reparer fa
faute, il veut deformais confa-
crer fa plume à célébrer vos triom-
phes, & vos vertus ; & je compte
bien avoir ma petite part aux éloges qu'il vous donnera.

Oh ! dit Cyrus, il n'a qu'à te
loüer tant qu'il voudra, mais pour
moi je ne veux point d'un pareil
Panégyrifte , je craindrois trop
que mon mérite ne devint entre
fes mains, un vrai probléme ; &
les contradictions , où il eft fujet
à tomber fur toutes fortes de matieres, feroient douter aux fiécles

N

à venir, fi le bien qu'il diroit de
moi, après m'avoir fi fort décrié,
ne feroit point plûtôt l'effet d'u-
ne méprife affez ordinaire à l'Auteur, qu'une juftice dont fa con-
fcience l'obligeroit à s'acquitter
à mon égard.

Seigneur, dit Arafpe, vous qui
reprochez tant les contradictions
aux autres, n'y en a-t-il pas un
peu dans vôtre conduite vous
étiez l'autre jour, le prémier à
défendre Aramys contre moi, a-
vec la même ardeur que vous avez
aujourd'huy à le décrier.

Tout cela s'accorde à merveille, dit Cyrus, j'excufois l'autre
jour fa perfonne, aujourd'hui je
blâme fon Livre ; il n'y a là-dedans rien qui fe démente.

J'enrage, dit Araspe, quand je vois les gens se tirer d'affaire avec une misérable distinction.

Non, Seigneur, avoüez-le : vous autres Héros, vous êtes faits comme le reste des hommes. Lors qu'une générosité affectée vous fait pardonner une injure, vous êtes charmez de trouver quelque endroit pour vous dédommager.

Que j'aime à voir ton zéle s'allumer, dit Cyrus, modere cependant un peu ta fougue : à ton retour à Babylone, ne manque point de faire dire à Aramys, que je lui pardonne tout le mal qu'il a dit, ou prétendu dire de moi ; que je veux même l'emploïer à mon service ; mais que je lui défends de se mêler de me loüer, de peur des contradictions ; & pour te montrer qu'en cela je cherche bien moins à satisfaire mes ressentimens, qu'à ménager ma réputation, lis avec moy.

A ces mots il tira de sa poche l'Histoire de ses Voyages : il avoit eu soin d'en marquer les défauts les plus considerables.

Amenophis, continua le Prince, paroît quand nous le rencontrons en Arabie, (a) *enseveli dans une profonde méditation.* Nous étions déja près de lui, sans qu'il nous eût apperçûs. Il faut lui parler pour le tirer de sa réverie, & ce personnage si rêveur, porte bien tôt après sur le visage, *une joye naïve & paisible.*

(a) Page 136. Tome premier.

Oh ! pour le coup, dit Arafpe,
il y a de la malice dans vôtre fait ;
& vous cherchez à empoifonner
tout. Amenophis feul & livré à
fes réflexions , ne doit - il point
être different d'Amenophis occupé à vous regaler , & à faire de
fon mieux les honneurs de fa folitude ? Ne voit-on pas tous les
jours le front tétrique d'un fom-
bre folitaire fe dérider , s'épa-
noüir à table, fur-tout quand les
(*) *vins exquis* font de la partie ;
& vous fçavez qu'il ne manquoit
rien à Amenophis , de ce qui pouvoit en ce genre égaïer fa folitude. Il paroît même que le bon-
homme fentoit fes befoins fur cet
article, & qu'il avoit la fage pré-

(*) Page 157. *Ibid.*

N iij

caution de se munir du remede le plus propre à bannir les noirs accez de la mélancholie. Sans cela aurions-nous trouvé *des vins exquis* chez un homme qui n'avoit pour tout partage *qu'un petit Jardin, & une Grotte creusée de ses mains dans un aride Rocher.*

Tu ne t'y prends pas mal, dit Cyrus. Mais tu as beau faire, voici le point de la difficulté, & tu ne t'en tireras jamais. (*a*) Amenophis nous fait un triste recit de ses malheurs, & finit en nous disant. (*b*) *Je suis un estre isolé sur la terre. Apriés m'a persecuté. Amasis m'a trahi. Arrobal m'a abandonné. Je ne trouve par-tout qu'un vuide*

(*a*) Page 139. &c. Ibid.
(*b*) Page 173, Ibid.

affreux. Eſt - là le langage d'un homme , qui porte *une joye naïve* peinte ſur le viſage ?

Je ne ſçai, Seigneur, comment vous l'entendez, dit Araſpe : pour moi je ne trouve rien de plus ſui-vi & de mieux ſoutenu, que le perſonnage qu'Aramys fait faire à Amenophis. Il nous peint au naturel les diferentes ſituations d'un pauvre vieillard, dont l'âge & les diſgraces ont affoibli l'eſ-prit , & à qui le vin & la bonne chere, donnent quelques momens de joye : encore une fois , je ne vois rien au monde de ſi naturel que ce procedé.

Il ne l'eſt même que trop, dit Cyrus en riant, mais voicy un article, où ſûrement tu ne pour-

ras trouver du naturel. Aramys,
après avoir loüé la fubordination
& la différence des rangs établie
en Egypte, (*) prodigue fes éloges à l'égalité qui regne entre
tous les citoyens de Sparte : comment accorderez- vous tout cela
enfemble ?

Le mieux du monde, répartit
Arafpe. Eh! Seigneur, depuis le
temps que vous êtes fur le pied
de recevoir des complimens fur
tous les évenemens de vôtre vie,
combien n'en avez-vous pas entendu qui femblent fe détruire
les uns les autres. Tel Auteur,
qui, dans les premiers temps où
vous regniez paifiblement en Perfe, faifoit revenir par vôtre mi-

(*) Pages 193. 242. & 243, Tom. premier.

niftère, Aftrée & Themis parmi les mortels , oublie ces riantes images dans les éloges qu'il vous donne aujourd'hui. Il ne trouve plus rien de beau que le fang & le carnage qui vous environne, & la terreur que vôtre nom ré-pand jufqu'aux extrêmitez de l'U-nivers. C'eft-là le ftyle ordinaire de tous les Panégyriftes de profef-fion : ils ont le rare talent de trou-ver un fujet d'éloge jufques dans les impertinences, dont un hon-nête homme rougit, quand par mal-heur elles lui échappent. Laiffez-vous quelque jour battre, & vous ferez tout étonné de voir qu'en fuyant vous vous ferez mon-tré plus grand Capitaine , que vous ne paroiffiez dans ces momens heureux, où rien ne refiftoit à l'effort de vos armes.

Et moi, réprit brufquement Cyrus, je ne veux point d'un fade Panégyrifte, determiné à trouver tout bon : il y a affez dequoi loüer les hommes fur leurs bonnes qualitez , fans entreprendre de métamorphofer en vertus jufqu'à leurs défauts les plus marquez ; & tout ce qu'un Héros gagne avec de pareils flateurs, c'eft de transmettre avec plus d'éclat, à la pofterité le fouvenir de certaines actions, dont un éloge bien ménagé auroit dû derober la connoiffance au monde.

En verité, Meffieurs les Héros, je vous trouve bien délicats, dit Arafpe ; & vous me paroiffez

encore plus difficiles à contenter
en fait d'éloges, que de conquêtes.

Tu as raison, répondit Cyrus ;
cela est fort naturel : nous ne fai-
sons les unes que pour mériter les
autres ; & le monde seroit en paix,
si nous avions moins d'empressement à mériter son estime. Aprés
cela, on doit bien nous pardonner un peu de delicatesse., sur la
maniere dont on s'y prend pour
contenter nôtre passion domi-
nante.

Eh bien ! dit Arafpe, il y a remede à tout cela. J'avertirai Aramys de vôtre goût.

Non, répliqua Cyrus, cela seroit inutile ; il oublieroit bien
vîte ce que tu lui aurois dit. Je
vois qu'il a sur certains articles,

la mémoire du monde la moins heureuse. Il fait d'abord une peinture brillante du magnifique Palais de Pisistrate, (*) & du regal superbe que me donne ce Prince à mon arrivée à Athenes ; & trente pages aprés il me fait vanter par Solon, la vie simple & sans faste, (*) de son ami Pisistrate.

Oh ! dit Araspe, pourquoi Solon est-il si aveugle sur les défauts de son ami, ou ne se connoît-il pas mieux en frugalité ?

Dis plûtôt, réprit Cyrus ; pourquoi Aramys ne donne-t-il pas plus de discernement à un sage, dont il nous vante si fort avec raison l'esprit & les lumieres. Au

(*) Page 288. Tom. premier.
(*) Page 323. Tom. premier.

reste malgré toutes les belles qualitez qui font de Pisistrate un des
héros d'Aramys , il n'en paroît
pas plus attentif à la conduite &
aux actions de ce Prince. Selon
lui Pisistrate , le jour même que
j'arrivai à Athenes, (*) me con-
te à souper, l'histoire des troubles de son regne ; & trois jours
aprés, Aramys la lui fait encore
recommencer de nouveau. ( )

Cela vous surprend-il, dit A-
raspe ? Les choses ne se disent
jamais bien dans la chaleur d'un
repas, & il faut y revenir de sang
froid.

Oh ! la chaleur du repas, dit
Cyrus , n'ôtoit rien de son sang

(*) Page 289, Tom. premier.
(b) Page 330. Tome premier.

froid au prudent Pififtrate , &
ne l'empêchoit point de prêcher
avec beaucoup d'art & d'éloquence , fon auditoire , fur les
defordres du gouvernement populaire , pour mieux établir le
defpotifme qu'il venoit d'ufurper
à Athénes. Il n'en eft pas tout-à-
fait de même d'Aramys : il n'a
garde de conferver le même phlegme. Quand il s'agit de rendre
les chofes un peu moins fenfibles,
alors fon imagination s'enflamme,
& malheur à qui fe trouve fur
fon chemin. Il en coûte par exemple bien cher, à ces pauvres Atheniens , dans ce combat naval, où
pour me divertir , l'Auteur leur
fait (*) facrifier autant d'hommes

(*) Pages 328. & 329. Tome premier.

& de vaisseaux qu'on auroit pû
en perdre dans une action se-
rieuse.

Ne voyez-vous pas bien, Seigneur, qu'Aramys a voulu mettre dans tout son jour cette po-
litesse extrême, qui faisoit le caractère propre des Atheniens. Le
commun des autres peuples, se
feroient contentez de briser quelques rames en vôtre honneur, &
d'entamer la proüe de deux ou
trois Vaisseaux. Mais Athenes
n'en devoit pas demeurer là ; &
pour rendre la galanterie com-
plette, il falloit vous donner le
plaisir de voir la Mer couverte
d'hommes, & des debris de leurs
Vaisseaux.

En effet, dit Cyrus, c'est un

spectacle fort réjoüissant, que de
voir une foule de malheureux se
noyer. Crois moi, Araspe, laisse
là tes apologies ; Aramys n'y per-
dra pas beaucoup : & conviens
avec moi, que la justesse d'esprit
ne fait point le caractère propre
de celui d'Aramys. Quand il s'a-
vise de peindre, chose qui ne lui
arrive guéres, & qu'il fait presque toûjours à contre-temps, il
ne songe alors qu'à charger ses
peintures de traits frapans, sans
s'embarrasser d'exactitude ni de
vrai-semblance. De-là vient que
son Livre, malgré tout l'art que
tu prétends y trouver n'est qu'un
amas de morceaux, qui ne furent
jamais faits pour être ensemble ;
& que le seul article dans lequel

il

il reüffiffe, c'eft de me rendre
parfaitement ridicule.

En verité, Seigneur, s'écria
Arafpe, vous n'êtes point équi-
table : il échape dans le cours d'un
long & bel Ouvrage, une ou deux
incongruitez à un Auteur.

Comment, réprit vivement
Cyrus, une ou deux incongruitez ? On voit bien que vous n'ê-
tes pas connoiffeur ; fans cela...

Eh ! Seigneur, ne me reprochez point mon ignorance : il n'eft
pas donné à tout le monde d'être
auffi fçavant que vous. Je ne fuis,
& je ne fçai même, fi je voudrois
trop être Theologien, Philofophe,
Orateur, & tant d'autres belles
chofes à la fois : mais je me pi-
que d'avoir du fens commun.

O

Eh bien : je ne veux que ton fens commun pour juge. Approuvera-t-il ce fens commun, qu'Aramys, dans le cours d'un feul repas, (*) me faffe raconter par Pififtrate ... *les revolutions arrivées fous fon regne, les caufes de fon exil & de fon rétabliffement, comment il a été détrôné deux fois ... tout cela affaifonné de recits agréables, de traits vifs, & mêlez d'une peinture artificieufe des troubles qu'entraîne après foi le gouvernement populaire.* Le fens commun permet-il qu'on me faffe lire avec Pythagore, dans une feule lecture, & une lecture faite avec toute la reflexion que demandoit le fujet ; qu'on me faffe dis-je, lire (b) *tout ce qui regar-*

(*). Page 289, Tom. premier.
(a) Page 56. Tom. 2.

de la Religion, la Morale, la Politique, & tout ce qui pouvoit servir
à la connoissance des Dieux, de soi-
même, & des autres hommes? . . .
ce qu'il y a de meilleur dans les Loix
d'Egypte, de Sparte, & d'Athenes?
Voilà assurément une jolie petite
lecture.

Non ; sur cela je vous passe con-
damnation, & j'avoüe qu'Aramys a été un peu trop loin.

Que dirois-tu donc, reprit Cyrus, de toute cette brillante dé-
scription de l'âge d'or, (*) qu'il
met sans rime ni raison, à la bouche de Pythagore ; & cela, pour
le seul plaisir de débiter un tas
d'expressions poëtiques, qu'Aramys a cent fois pendant son en-

(*) Page 9. Tom. 2.

O ij

fance, recité par cœur dans les Ecoles. Encore s'il avoit amené naturellement ce pompeux galimathias . . .

De grace, Seigneur, réprit Araspe, n'attaquez point ce morceau-là ; vous revolteriez toute vôtre Cour. Si vous fçaviez sur tout combien les Dames font éblouïes de cette brillante peinture.

Comment donc, dit Cyrus, on trouve cet endroit-là beau ?

C'eſt plus que du beau, dit Araspe ; on le trouve enchanté : les Bergeres qui font aimées des Dieux, & les Déeſses qui ne dédaignent point l'amour des Bergers, font naître des tranſports d'admiration.

Je ne t'en demande pas d'avantage, dit Cyrus ; & je comprends que ces deux phrases-là toutes seules, ont dû faire la fortune de plus de deux cens autres qui les accompagnent, & où je ne trouve qu'un vain jargon, qu'un tiſſu de métaphores, & d'allègories cent fois rebatuës, & qui de la maniere dont elles ſont couſuës enſemble, n'offrent pas à l'eſprit une ſeule image, qui ne ſoit défigurée & contrefaite.

J'y vois d'abord Jupiter *attelant ſon char aîlé:* (*a*) qui n'a d'autre ſuite que les Divinitez, qui l'accompagnent ſeulement quelquefois : & vingt lignes aprés, je vois, avec la ſurpriſe la plus étonnante,

b) Page 11. *Ibid.*

O iij

le monde entier renverſé, & le
genre humain condamné aux plus
affligeantes calamitez. Pourquoy :
Parce que les hommes ont manqué un jour de prendre l'eſſor, &
de fendre les airs d'un vol rapi-
de , pour ſuivre juſqu'au deſſus
des cieux *le char aîlé de Jupiter.*
Voilà aſſurement une eſpece de
crime aſſez ſingulier : & l'on ne
ſe ſeroit gueres attendu de voir
les hommes rendus coupables à
ce titre.

Ce n'eſt point tout : les Dieux
eux-mêmes ont part à la diſgra-
ce des hommes. Les *Sylvains,* (*)
ſans qu'on daigne nous en laiſſer
ſeulement entrevoir la raiſon, ſe
trouvent *tout d'un coup métamor-*

(*) Page 13. Ibid.

phofez en Satyres , les Napées en
Bacchantes , & les Nayades en Sy-
rennes. Je ne parle point icy des
Hefperides, (*) que l'Hiftoire &
la Fable placent du temps d'Her-
cules , & dont Aramys tranfpor-
te le Jardin au fiécle d'or, parce
que les arbres qu'elles culti-
voient, portoient des fruits d'or.

Seigneur, dit Arafpe , en in-
terrompant le Prince, le Ciel fe
couvre d'épaifes ténébres ; &
l'heure marquée pour le Confeil . . . .

Cela s'appelle fe tirer d'affaire
en homme d'efprit, réprit Cyrus
en riant. Voilà des ténébres qui
viennent fort à propos cacher
l'embarras où tu te trouve : mais

(*) Page 11. Ibid.

je ne te tiens point quitte pour cela, & je veux tôt ou tard te reduire à avoüer que ton nouveau client n'a point mérité l'honneur de devenir mon Panégyriste.

Comme ils en étoient là, on vint avertir Cyrus, que le Conseil assemblé déja depuis quelque temps l'attendoit : il s'y rendit ; & après avoir conclu ce qui regardoit l'affaire des Scythes, il déclara à ses Ministres la résolution où il étoit, de partir le lendemain pour une Maison de plaisance, qu'il avoit à quelques journées de Babylone, afin d'y être plus à portée de donner ses ordres pour la sûreté des frontieres.

SIXIE'ME SOIRE'E.

SUR les bords de l'Araxe, affez loin de l'endroit où ce fleuve fe décharge dans la Mer cafpienne, s'éleve une chaîne de montagnes difpofées en demi-cercle. Dans l'enfoncement de ces collines, un peu au-deffous du fommet d'une des plus élevées d'entr'elles, étoit une maifon fuperbe, mais plus riante encore que fomptueufe : la nature & l'art avoient travaillé de concert, pour y former un féjour digne d'être les délices du maître de l'Afie.

Les deux faces de cette Maifon étoient ornées chacune d'un beau peryftile. L'Architecture en étoit fimple, mais noble.

Au dedans, les meubles, les or‑
nemens, les peintures, tout étoit
délicat & gracieux. Un parc fpa‑
cieux, & plein de toutes fortes
de bêtes, commençoit à cent pas
de la maifon, & s'étendoit juf‑
ques fur le fommet de la mon‑
tagne, qu'il occupoit tout entier.
Il étoit percé de cent routes dif‑
ferentes, où la vûë fe perdoit,
& qui en fe croifant & s'entre‑
laçant les unes les autres, for‑
moient un labyrinthe prefque auf‑
fi difficile à démêler que celui de
Crete. Sous l'autre face de la
Maifon, la montagne s'applanif‑
foit infenfiblement, & ne confer‑
voit de pente, que ce qu'il en
falloit, pour mieux étaler en per‑

spective toutes les beautez d'un jardin, qui regnoit jusqu'au pied de la colline, & dont la simmetrie, les ornemens & l'étenduë, le cedoient à peine à celui de Se-miramis.

A chaque extrêmité du bâti-ment, s'étendoit une terrasse de plus d'une lieüe de longueur.

Plusieurs rangées de Palmiers y mettoient à couvert des ardeurs du soleil.

D'un côté on voyoit des rochers arides, des précipices, des abî-mes, des neiges & des frimats, qui resistent aux plus cuisantes ardeurs de l'Esté : & de l'autre côté, sur le penchant de ces col-lines, une foule de Maisons en-chantées, disposées en amphitheatre, des jardins fleuris, pleins d'orangers, de citroniers, & de cent autres arbres, dont les fruits exquis l'emportoient sur ceux du jardin des Hesperides.

Au bas de la montagne l'Araxe roule majestueusement ses eaux; ses bords toûjours verds, sont parez de tout ce que Flore fournit au Printemps de fleurs champêtres.

Au-delà du Fleuve, de vastes & de fertiles campagnes remplissent les vœux de l'avide laboureur. Au milieu des epics dorez dont la terre est couverte, on voit d'espace en espace rangé avec art, tantôt l'Olivier pacifique, tantôt l'Ormeau bien faisant, occupé à soûtenir les foibles branches d'une Vigne chancelante ; toute la Plaine semble n'être qu'un jardin spacieux chargé des plus doux présens de Cerés, de Bacchus & de Pomone.

Cyrus étoit venu passer une partie de l'Automne dans cette douce solitude. Un jour qu'il se promenoit avec son favori sur cette magnifique terrasse ; celui-ci, en regardant les côteaux & les campagnes d'alentour, s'écria : Seigneur, quel ravissant spectacle ! j'ai beau le revoir, je ne sçaurois m'en lasser.

Vous n'êtes donc pas du goût de vôtre ami Aramys, dit Cyrus.

Comment-cela, réprit Araspe ?

C'est, dit Cyrus, qu'à son gré il manque encore quelque chose à cette vûë.

Oh ! je suis seur, réprit Araspe, qu'il en seroit aussi enchanté que moi, s'il étoit ici pour en joüir.

Il penseroit donc, dit Cyrus, autrement qu'il ne parle. A juger de ses sentimens par son Livre, pour délasser une vûë fatiguée par tant d'objets différens que présente ce païsage, il faudroit encore une grande mer, qui parût unie au ciel.

Eh ! ne voyez-vous pas bien, dit Araspe, qu'Aramys parle là, encore une fois, en Caledonien. Dans un païs, où la terre séche & stérile, n'offre gueres à la vûë que des rochers & des montagnes de sable, la vaste mer doit servir à délasser les yeux fatiguez par la triste uniformité des autres objets,

& il étoit naturel que l'imagination d'Aramys accoûtumée à de
pareils délaſſemens , ſe repreſen-
tât la vaſte mer , comme quelque
choſe d'eſſentiel à toute belle perſ-
pective.

Mais laiſſons-là les idées ſur les
perſpectives , & parlons un peu
d'Aramys lui-même ; je lui ai fait
connoître qu'elles étoient vos
bontez pour lui , il m'en a paru
enchanté ; & il m'a engagé , Seigneur , à vous demander en grace
la permiſſion d'écrire vôtre vie.

Ma vie, s'écria Cyrus ; à Dieu
ne plaiſe. J'ai vû celle d'Olenef,
& je craindrois trop qu'il n'écrivît
la mienne dans le même goût.
L'hiſtoire de ma vie feroit comme celle de mes voyages, un tiſſu

de cinq ou six dissertations ; d'ailleurs j'aime à figurer seul dans mon
histoire , & je craindrois que mon
historien n'y prît, comme il a fait
dans celle d'Olenef, une aussi bonne place que moi.

Mais, Seigneur, il seroit homme à profiter de vos avis, & à se
corriger.

A se corriger, reprit Cyrus, d'un
ton ironique ; tu connois vraiment
bien la nation des Auteurs, & l'indocile fierté qui domine chez elle.

Oh ! pour Aramys , dit Arafpe,
je réponds de sa docilité ; voici un
trait qui vous fera connoître jufqu'à quel point elle va : il lisoit à
un de ses amis , qu'il consultoit
sur son livre, la description du
combat naval , que representerent
devant

devant vous les atheniens, quand il fut à cette phrase, *la trompette guerriere donna le signal*, (a) son ami lui dit plaisamment, puis qu'il s'a-git d'un combat naval, il faut changer l'épithete, & mettre *la trompette marine*. Sur le champ il prit la plume en main, & mit à la place de *guerriere* le mot de *marine*, que vous auriez eu le plaisir de lire dans l'histoire de vos voïages, si son ami, qui n'étoit pas d'humeur à pousser la plaisan-terie trop loin, n'avoit eu la pre-caution de le desabuser sur le champ.

Tant pis ; dit Cyrus, je ne veux point de ces docilitez aveu-gles, qui ne sçauroient discerner

(a) Page 318, Tom. premier.

P,

le prix des leçons qu'on leur donne.

Nous n'avons ni moi ni toi, le loifir de nous ériger pour Aramys en Cenfeurs de Livres : & comme nous ferons reduits à laiffer fur fa bonne foi, tout Auteur qui écrira pour nous ; il faut qu'il fçache un peu fe conduire lui-même. D'ailleurs, quoi qu'Aramys ait de l'efprit ; le talent de bien faifir un caractère, de le peindre au naturel, & de faire connoître les hommes plus par les faits que par les difcours, ne me paroît point être le fien. Ainfi, crois-moi, ne fonge plus à en faire mon Hiftoriographe.

Vous lui permettrez donc au moins, Seigneur, de vous dédier

une espece de Poëme Epique, qu'il va incessamment donner au Public.

Je n'ai garde, dit Cyrus : je me suis fait une loi de ne laisser paroître mon nom à la tête d'aucun Livre, qui ne fût excellent en son genre ; & à juger d'Aramys par mes Voyages, son Poëme ne doit point être exquis. Il n'a ni fecondité ni varieté ; cent fois il répete les mêmes choses. Pour peindre le Gouvernement politique, il n'a jamais que la comparaison du corps humain ; ses incidens sont toûjours les mêmes, & tels qu'un enfant de dix ans eût pû les imaginer, ou, pour parler plus juste, il n'y en a point du tout.

P ij

Comment, réprit Arafpe, fça-
vez-vous qu'Aramys paffe pour
un fort fçavant homme ?

Il paroît en effet, dit Cyrus,
qu'il a bien de la lecture, & de
la mémoire. Mais avec une grande fcience, & même avec beaucoup d'efprit, on peut manquer
de ce que les Gens de Lettres ap-
pellent génie, & qui eft l'ame de
tous les beaux Ouvrages. D'ailleurs, fçais-tu bien une chofe,
c'eft qu'on prétend que l'érudition d'Aramys, ne lui a gueres
coûté. Il eft aifé & familier à
l'excès avec tous les bons Auteurs. Il s'accommode fans peine
de tout ce qu'il voit chez eux à
fon gré. Pour moi, j'ai reconnu
dans l'Hiftoire de mes Voyages

bien des traits copiez d'après (*a*)
Olenef & * Tefobus. (*b*)

Oh ! pour Olennef, dit Arafpe, il étoit dans fon plein droit.
Du difciple au maître, il n'y a,
comme on dit, que la main : tout
ce qui a rapport à leur métier,
doit être commun entre eux ; &
ce feroit une pitoyable chicanne,
que de difputer à Aramys le pri-
vilege de prendre dans un befoin
chez Olennef ce qui pou. roit lui
manquer. Mais piller Tefobus,
cela ne me paroît pas poffible :
c'étoit l'ennemi de fon maître.

Oüi, dit Cyrus, il paroît vraiment bien qu'il regardoit Tefo-

(*a*) Page 91. Tom. 2.

* Tefobus eft l'Anagrame de Boffuet, Evê-
que de Meaux.

(*b*) Page 178, &c. Tom. premier.

P iij

bus comme ennemi, il le traite tout de bon comme tel ; & c'eſt en cette qualité qu'il le pille ſans ménagement : il a crû que tout ce qu'il lui enleveroit, ſeroit cenſé de bonne guerre ; & que ce ſeroit, pour me ſervir du Proverbe, *autant de pris ſur l'ennemi.* Auſſi Dieu ſçait de quel air il vous le traite, & avec quelle confiance il ſe pare des dépoüilles qu'il lui a enlevées.

Mais auroit-il voulu prendre quelque choſe chez un homme qu'il paroît mépriſer, & de qui il dit tant de mal ?

Quoique la politique de la Cour n'ait point de myſtère caché pour toi, répondit Cyrus, tu es encore un peu neuf dans celle des gens de Lettres.

Parmi eux ; comme parmi nos
courtifans, on voit un Ecrivain,
qui, pour cacher les intelligences
fecrettes qu'il a avec un Auteur
mort ou vivant, dont il tire mille fecours, fe fait une fage loi de
le décrier par-tout.

Cela n'eft pas fi mal entendu,
dit Arafpe ; les hommes en leur
politique font à ce que je vois affez
les mêmes par tout : il n'y a gueres entre-eux d'autres différences
que celles qu'y mettent les objets.
Mais au bout du compte eft-ce un
fi grand mal que de voir un Auteur un peu indigent, chercher
ailleurs un fecours qu'il ne trouve point dans fon propre fonds?
Pour moi, il me femble que ce
procedé, loin de faire tort à la

réputation d'un homme de lettres ;
est une preuve de son esprit. On
vante l'industrie de certains peuples de vôtre Empire, parce qu'é-
tant riches de tout ce qui ne vient
point chez-eux, ils vivent dans
l'abondance au milieu d'une terre
ingrate & sterile, qui refuse tout
à ses habitans.

Il n'en est pas du bel esprit
comme des terres, dit Cyrus ;
l'invention fait le principal merite d'un Auteur.

Oh ! dit Araspe, ne vous en dé-
plaise, Seigneur, je ne trouve
point de meilleure invention au
monde, que de prendre chez au-
trui ce qu'on n'a pas chez soi.
Au reste, Seigneur, permettez-
moi de vous le dire, je ne recon-

nois chez vous aucun veftige des
bons fentimens où vous m'avez
aflûré que vous étiez pour Aramys.   Vous lui avez promis de
l'emploi, & vous femblez vouloir
l'exclure de tout. Non, dit Cyrus, compte que je l'employerai;
mais je veux que ce foit d'une
maniere qui lui convienne;&pour
cela, il me faut le temps d'y
penfer.

De quel temps, Seigneur,
avez-vous befoin pour penfer à
cela, dit Arafpe? eft-ce un point
fur lequel il faille tant délibérer?
Vous ne fongerez point à lui donner de l'emploi dans vos troupes?
Aramys n'eft plus d'un âge à faire
fon apprentiflage en ce genre.

Et quel âge a-t-il, réprit Cyrus?

Je ne sçaurois vous le dire au
jufte, répondit Arafpe, mais à
juger de fes années, & par fa mine, & par le temps qu'il eft connu
dans la litterature, il doit n'être
pas éloigné de cinquante ans.

Et bien, dit Cyrus, en riant,
veux-tu que nous en faffions un
Magiftrat, fon livre eft un vrai code des loix & des regles pour l'ad-
miniftration de la juftice, l'auteur
me paroît avoir du goût pour ce
métier-là.

Aramys 2, il eft vrai, reprit
Arafpe, un air de gravité, qui
figureroit à merveille avec une
robbe de Senateur ; mais je le crois
plus habile dans les loix de grece
& d'Egypte que dans celles de
Perfe ou d'Affyrie ; la carriere du

bel efprit, où il eft déja entré avec
fuccez, me paroît la feule, où il
lui convienne de s'avancer.

C'eft bien auffi de ce côté-là
dit Cyrus, que je pretens le pouffer. Tu fçais que déterminé par
l'exemple de Solon, (*) & par la
folidité de fes raifons, je penfe à
établir en Orient l'ufage du Poëme
drammatique, & à faire trouver
dans ces fpectacles, à un peuple
oifif & paffionné pour le plaifir,
d'agreables & d'utiles amufe-
mens; Aramys m'avoit d'abord paru propre à feconder mes deffeins :
je comptois le faire travailler pour
le Theatre : il en entend à merveille les loix generales ; mais j'ai
fait reflexion qu'en tout genre, il

(*) Page 544. Tom. premier.

y a loin des maximes à la pratique.
J'ai jugé du genie d'Aramys par
l'hiſtoire de mes voïages, & j'ay
craint avec raiſon de voir ſortir de
la même plume des piéces de
Théatre, dont les ſentimens n'auroient preſque jamais rien d'intereſſant, les parties, point de liai-
ſon entre-elles, les caracteres,
rien de ſoûtenu, de ſuivi ou de
vrai-ſemblable, dont les perſon-
nes ſe produiroient ſur la Seene,
& en ſortiroient, ſans qu'on ſçût
deviner ce qui les y amenoit ou
les en éloignoit, à peu prés comme fait dans l'hiſtoire de mes voïages mon gouverneur Hyſtaſpe,
qui diſparoit, on ne ſçait pourquoi, & m'abandonne à l'âge de
15. ans, pour ne revenir bruſque-

ment figurer auprés de moi, que
quand j'en ai prés de 40.

Mais, Seigneur, dit Arafpe,
comment pouvez-vous juger de
fon genie pour le Théatre par
l'hiftoire de vos voïages ? Cette
hiftoire, répondit Cyrus, eft un
Roman, & le roman n'eft qu'une
extention du Poëme épique, comme le Poëme drammatique en eft
l'abregé. Les loix fondamentales
de ces trois fortes de piéces, font
donc les mêmes : les differences ne
tombent que fur le détail & un
homme qui dans une de ces piéces péche, comme Aramys, contre
tous les premiers principes n'eft
gueres propre à réuffir dans l'autre.

Et bien, Seigneur, faites lui occuper un des premiers rangs de cette focieté de Philofophe que vous allez établir dans Babylone.

A Dieu ne plaife, dit Cyrus, je ne veux point dans un corps de cette nature, de vains difcoureurs, je pretens le remplir de gens qui connoiffent la nature, & qui fçachent la faire fervir à l'utilité de mes fujets. Juftement, dit Arafpe; voilà ce qu'il faut pour Aramys, perfonne ne lui conteftera l'avantage d'être habile Phyficien. Il dit dans fon livre, tant & de fi belles chofes fur la Phyfique.

Et il les dit fur tout fort à propos, reprit Cyrus.

Comment à propos, dit Arafpe? oüi affurement. Zoroaftre par exemple, doit vous parler de l'Auteur de la nature : n'eſt-il point juſte qu'il commence d'abord par nous décrire, & vous peindre la nature elle-même.

Tu as raiſon, dit Cyrus, & un homme qui parle du vent, pour faire les choſes dans l'ordre, ne doit point manquer de débuter d'abord par une ample deſcription de tout ce qui entre dans la compoſition d'un moulin à vent.

Eh! bien, dit Araſpe, le grand malheur, quand il manqueroit un peu de juſteſſe au tour que prend Aramys, pour amener ſes diſſertations Phyſiques! Il n'en ſera pas pour cela moins habile Phyſi-cien, & c'eſt là juſtement le ſeul point, dont il eſt ici queſtion.

Non, dit Cyrus, à juger d'Ara-

mys par son Livre , il n'est rien
moins que Physicien : il ne lui
en a pas plus coûté pour établir ses
systêmes de Physique , que pour
déveloper celui des loix & du
gouvernement d'Egypte. Il n'a
eu que la peine de copier ce qu'on
trouve en cent Ouvrages differens , qui ont déja paru sur cette
matiere , ce qu'on dicte tous les
jours dans les Ecoles aux jeunes
gens, qui apprennent les premiers
élemens de la Physique ; j'en
excepte cependant deux Parado-
xes, qui m'ont tout l'air de n'être
que de lui : du moins , avec tout ce
qu'Aramys m'accorde de lecture
& d'érudition , je serois encore à
les apprendre, si je ne les avois
lus dans l'histoire de mes voyages.

Un

Un Physicien ne sçauroit igno-
rer ce que l'experience journa-
liere apprend à tout le genre humain. Est-il permis de douter
que des corps-mêmes les plus solides, il ne s'évapore à chaque
instant une infinité de parties gros-
sieres. Aramys cependant décide
hardiment, que (*a*) *le Soleil ne*
peut attirer en haut, des corps aussi
legers & aussi divisez, aussi déta-
chez les uns des autres, aussi mêlez avec un élement, dont l'éva-
poration est prodigieuse, que le
sont les particules de sel, répanduës dans les eaux de la Mer.

Aramys croit que, sans le flux
& le reflus, (*a*) *l'Occean ne con-*
tiendroit dans son sein que des eaux
dormantes. Les violentes tempêtes,

(*a*) Page 229, Tom. premier.
(*b*) Page 230, *Ibid.*

Q

les courans fans nombre, ce mouvement général, qui, de l'aveu
de tous les Phyficiens, entraîne
toute l'étenduë des Mers d'Orient
en Occident, ne fuffiroient donc
pas, felon Aramys, pour empêcher les eaux de l'Occean d'être
dormantes.

Oh ! pour le coup, Seigneur,
dit Arafpe, vous me defefperez ;
& je ne vois plus à quel ufage
vous pourrez mettre Aramys. Il
refte encore la Morale & la Politique, fur quoi il pourroit travailler. Mais de l'humeur dont je
vous vois, je crains que vous n'alliez le trouver auffi peu propre à
traiter ces matieres, qu'à tout
le refte.

Quant à la Politique, je ne
crois pas qu'Aramys puiffe non

plus y réüffir, dit Cyrus. Dans
l'Hiftoire de mes Voyages, il
expofe differens fyftêmes de gouvernement ; dont quelques-uns
ont des principes fort bizarres,
& où tout cependant femble lui
paroître également bon. Il ap-
prouve la Loi d'Egypte, qui af-
figne aux gens de guerre le tiers
(a) des terres de tout le Royaume. Cette Loi, en mettant d'a-
vance le foldat en poffeffion de ce
qui ne doit être que la recompen-
fe de fes travaux, ôte à fa valeur
un des refforts le plus propre à la
mettre en mouvement.

Mais, Seigneur, dit Arafpe,
faites attention que ce fyftême
n'eft qu'une fuite du fyftême general du gouvernement d'Egypte,

(a) Page 197. Tome premier.

qui partageoit les hommes en trois claffes (*) differentes. Il étoit naturel que la diftribution des biens fut reglée furcelle des conditions.

Et c'eft-là encore où ton Aramys péche, dit Cyrus. Ne devoit-il point faire fentir en paffant le défaut d'un fyftême également inique & pernicieux. Tous les hommes naiffent égaux; & c'eft bien affez de l'inégalité que mettent entre-eux les differens emplois, & le rang que chacun occupe dans l'Etat, fans encore reduire le plus grand nombre d'entre-eux à une efpece d'incapacité naturelle de parvenir à des conditions, pour lefquelles la Providence leur donne fouvent, les talens les plus

(*) Page 197. Ibid.

marquez. Ne fçait-on pas que les héros, les conquerans, les fondateurs des vaftes Monarchies, & les plus grands hommes dans tous les genres font prefque toûjours nez dans un état different de celui où leur mérite les a élevez ? Et une République qui les eût bornez à la condition de leurs peres, de quels avantages ne fe fût-elle pas privée elle-même, en retenant dans l'obfcurité, des hommes nez pour être fa gloire & fon appui.

Je vois bien, Seigneur, dit Arafpe, où vous en voulez venir : Vous voulez reduire Aramys à la Morale. Eh bien ! il s'en tiendra là, il eft honnête homme, fes maximes font faines, & fes principes fourniffent aux bonnes

mœurs, des fondemens fûrs & folides : comptez qu'il travaillera
en ce genre, de maniere à vous
faire repentir de n'avoir point
donné l'eſſor à ſon génie.

Ne craignez rien, dit Cyrus ;
ſoyez fûr qu'en exécutant le projet que je viens tout à l'heure
de former pour lui, ſon genie ne
ſera point à l'étroit. Non, la morale eſt quelque choſe de trop
borné pour un eſprit auſſi étendu
que le ſien : il en pourra mettre
dans ſes livres, & je compte aſſez
ſur lui, pour croire qu'elle ſera
toûjours bonne, avertiſſez-le ſeulement, que pour plus grande fû-
reté, quand il fera certaines peintures de mœurs, il ait toûjours
ſoin de mêler l'antidote au poiſon,
& de rendre ſenſible à ſes lecteurs

le defordre de tous les ufages un
peu contagieux, que fon fujet
pourroit l'engager à peindre. Par
exemple, au lieu d'infifter fur les
impertinences que me dit Chylon,
(*) pour excufer les nuditez la-
cedemoniennes dans les jeux pu-
blics; fi l'occafion fe préfentoit de
parler encore une fois de pareille
coûtume : il faudroit qu'il eût foin
de me faire dire, ou de dire lui
même pour moi, toutes les raifons
propres à faire fentir l'indécence
monftreufe de ce procedé ; combien ces fortes d'objets étoient
propres à reveiller dans les deux
fexes, toute la vivacité des paf-
fions ; combien fur tout ces impreffions devoient être violentes chez
des jeunes gens, dans le feu de

(*) Pages 246, & 247. Tome premier,

l'âge, & accoûtumez à se voir
rarement hors de ces sortes d'as-
semblées.

Aramys a crû apparemment,
dit Araspe, qu'il n'étoit point né-
cessaire d'invectiver contre une
pratique si opposée à nos mœurs,
& qui choquoit si ouvertement la
pudeur.

Par malheur pour nous , dit
Cyrus , ce qui choque la pudeur,
ne choque pas toûjours nos incli-
nations ; & il faut ou jetter un
voile obscur sur tout ce qui la
blesse , ou quand on se croit obligé de le montrer, armer la raison de tout ce qui peut servir à
reprimer des passions trop promp-
tes à se réveiller.

Vous devez donc , Seigneur ,
dit Araspe, être bien content de

la maniere, dont Aramys s'eft ex-
pliqué fur la communauté des femmes , établie à Lacedemone. (*)

Point du tout , dit Cyrus, il fe
contente de dire, que je ne (b)
pouvois goûter la ferocité Spartiate ;
qui facrifioit à l'ambition les plus
doux charmes de la focieté. Tout ce
qu'on peut conclure de-là , c'eft
que le plaifir d'une fine galanterie, ne doit point être facrifié
à une ambition feroce. Eft-ce là
refuter folidement la bizarre complaifance des Spartiates ? Encore
une fois je crois qu'Aramys a du
zéle pour les bonnes mœurs ; mais
je repete encore ce que j'ai déja
dit : Sur la Morale comme fur le
refte, il doit être en garde contre la démangeaifon de décrire

(*a*) Page 247. &c. Tom. I.
(*b*) Page 249. Tom. I.

tout ce qui se présente devant lui, sans assez examiner la nature des objets qu'il offre à ses Lecteurs.

Seigneur, réprit Araspe, vous serez content de sa docilité : je vous en ai déja cité des preuves peu équivoques ; & vous en aurez encore de plus sensibles, quand vous aurez bien voulu lui déterminer une matiere, où il puisse l'exercer.

Eh bien ! dit Cyrus, je vais satisfaire ton empressement. l'Asie est depuis long-temps inondée d'une foule de mauvais Livres sur toutes sortes de sujets. C'est-là un mal, auquel on doit remedier dans tout État bien policé, & je songe depuis long-temps à y mettre ordre. Voici l'idée à laquelle je me suis enfin arrêté.

Deux choses contribuent également au desordre; & la multitude
de ceux qui se mêlent d'écrire,
& le mauvais choix dans les sujets,
sur lesquels ils entreprennent
d'écrire.

Je compte reformer le premier
de ces abus, en établissant un
Tribunal, où l'on examinera la
capacité de ceux qui se destinent
à écrire, & il ne sera permis à
personne de fatiguer le public par
ses ouvrages, qu'à ceux à qui ce
Tribunal aura donné son agrément en bonne forme, avec le
nom & la qualité d'Aspirant; ce
n'est point assez, il y aura encore
un second Tribunal, qui sera
pour examiner le genie propre &
particulier de chaque Aspirant;
pour le déterminer à la faculté

qui lui convient, & pour le fixer
dans cette même faculté au degré,
où ses forces peuvent lui permet-
tre d'atteindre. Aramys sera à la
tête de ce second Tribunal : son
occupation sera de composer tous
les ans pour les apprentifs beaux
esprits, un livre sur le modele de
l'Histoire de mes voïages. Il l'in-
titulera, *Essais universels* : il y fera
entrer, comme dans mon Histoire,
toutes les matieres sur lesquelles
le bel esprit s'exerce, Philosophie,
Theologie, Histoire, Chronolo-
gie, Mythologie, Politique, Morale, Jurisprudence, le Theâtre,
les belles Lettres &c. Pour n'être
point gêné dans ses productions,
il lui sera permis par autorité publique, de prendre par tout chez
les Auteurs anciens & modernes,

ce qui l'accommodera , ce qui
servira de près ou de loin à son
sujet ; & cela , sans être obligé de
perdre le temps à citer des pages
ou des chapitres. En un mot , il
suivra la même methode, dont lui
& le public se sont si bien trouvez
dans l'Histoire qu'il a donnée de
mes voïages. Il n'y mettra de plus
qu'une table fort ample , où il
rangera par ordre alphabetique ,
les titres de tous les differens sujets qu'il traitera dans son Ouvrage , & les jeunes aspirans feront obligez de puiser à cette
source commune , les matieres sur
lesquelles ils voudront s'essayer :
ils feront eux-mêmes le choix,
qui ne fera cependant valable
qu'autant qu'il aura été agréé par
Aramys & par ses Assesseurs ; &,

felon le fuccez qu'aura eu l'Afpirant dans ces fortes de tentati-
ves ; il paffera au rang d'Auteur
de la prémiére, feconde, troifié-
me ou quatriéme claffe; car je
veux qu'il y ait parmi ces Meffieurs autant de degrez differens,
pour entretenir une efpece de fubordination neceffaire par tout,
& plus encore chez un peuple
auffi indocile , auffi préfomp-
tueux , auffi ennemi de toute fu-
periorité fondée fur le mérite,
que l'eft la nation des Sçavans.
Aramys aura par-là un rang ho-
norable, une occupation confor-
à fon génie, des émolumens que
je laiffe à ton amitié pour lui le
foin de fixer, & des éloges fans
nombre. Chaque Afpirant qui travaillera fur les canevas qu'Ara-

mys aura dreſſez, ſera chargé de
faire dans ſa Préface , le Panégy-
rique de ſon Bien-faiteur , & de
réconnoître l'avantage qu'il a eu
de trouver en abregé dans un coin
des *Eſſais univerſels*, l'Ouvrage entier qu'il donne au Public. Te
reſte-t-il encore, continua Cyrus, en s'adreſſant à Araſpe, quelque choſe à déſirer pour lui?

Seigneur, répondit Araſpe, il
ne me reſte plus qu'à vous faire
à vous-même des remercimens
de la bonté que vous avez pour
lui , & à annoncer à l'Univers,
quelle eſpece de vengeance vous
reſervez à ceux qui ont mérité
vôtre courroux.

Cyrus devoit ce ſoir-là, donner
à ſouper aux principaux Satrapes
de ſon Empire. Il vouloit au mi-

lieu de la joye qu'inspirent les répas, leur déclarer la resolution où il étoit, de les engager encore à de nouveaux travaux ; & d'entreprendre la conquête de ces vastes contrées qu'occupoient les Massagetes, à l'orient de la Mer Caspienne. On vint l'avertir que les tables étoient servies, & qu'on n'attendoit plus que sa présence. Il se rendit au lieu du festin ; & peu de jours aprés il commença contre la belliqueuse Tomyris Reine des Massagettes, cette fameuse guerre, qui mettant fin aux conquêtes & à la vie de Cyrus, détruisit tous les projets qu'il avoit formez, pour recompenser les travaux d'Aramys.

F I N.

www.ingramcontent.com/pod-product-compliance
Lightning Source LLC
Chambersburg PA
CBHW070516030726
47503CB00004B/1279